다시 사는 재벌가 망나니 29

2023년 4월 19일 초판 1쇄 인쇄
2023년 4월 24일 초판 1쇄 발행

지은이 맹물사탕
발행인 강준규

기획 이기헌 왕소현 박경무 강민구 조익현
책임편집 금선정
마케팅지원 이원선

발행처 (주)로크미디어
출판등록 2003년 3월 24일
주소 서울시 마포구 마포대로 45 일진빌딩 6층
Tel (02)3273-5135 **Fax** (02)3273-5134
홈페이지 rokmedia.com **E-mail** rokmedia@empas.com

© 맹물사탕, 2021

값 9,000원

ISBN 979-11-408-0821-2 (29권)
ISBN 979-11-354-9456-7 04810 (세트)

다시 사는 재벌가 망나니

맹물사탕 현대 판타지 장편소설

29

ROK
MEDIA

로크미디어

Contents

1장 7

2장 69

3장 121

4장 179

5장 235

1장

석동출이 왜 여기 있는 건가, 깊이 생각하기 전 구봉팔은 김 교수의 소개를 들었다.

"진호 씨, 이쪽은 마동철이라고 하는 친구로 마순태 회장님의 조카 되는 분이십니다."

이거 위장 신분에 가명까지 쓰고 있군.

구봉팔은 석동출에게 고개를 꾸벅 숙였다.

"처음 뵙겠습니다. 박진호입니다."

"……예, 저도 처음 뵙겠습니다. 마동철입니다."

하지만 이 이상 무슨 말을 해야 할까.

둘 사이의 묘하게 어색한 느낌에 김 교수가 일부러 웃음을 터뜨렸다.

"하하, 여기 서서 이야기하긴 뭣하니 일단 자리에들 앉으십시다."

석동출 형사가 무슨 꿍꿍이로 가명에 위장 신분까지 써 가며 이 자리에 있는 건지는 모르겠지만, 구봉팔은 일단 김 교수의 제안에 응했다.

'……그렇다고는 하지만 신중할 필요는 있겠군.'

석동출 역시도 이곳에서 구봉팔을 만날 줄은 꿈에도 몰랐지만, 일단 자신의 임무에 충실하기로 했다.

김 교수는 김 교수대로, 석동출과 박진호(구봉팔) 사이의 묘한 기류를 읽어 냈으면서도 이를 내색할 수 없는 자신의 입장과 처지 탓에 신중하게, 그러면서 자신의 긴장을 드러내지 않으며 너스레를 떨었다.

"진호 씨는 서울에서 오셔서 잘 모르겠지만 이 부산 바닥에서 마순태 회장님 모르면 건달이 아니란 말이 있을 정돕니다."

과장이 심하군.

그래도 구봉팔은 일단 모른 척 김 교수의 말을 받았다.

"그렇습니까?"

"하하, 예. 마순태 회장님은 조성광 회장님과도 안면이 있으실 정도니까요. 뭐, 저보단 동호 씨가 더 잘 아실 텐데."

서동호는 김 교수가 자신에게 바통을 넘겼음에도 아랑곳하지 않으며 그 말을 이어 받았다.

"하모요. 마 회장님은 이 부산 바닥에서 전설 아입니까. 깡통 시장의 돌주먹이라카믄 남포동 사람들이 다 설설 기었다 카데예. 지도 부산 출신이다 보이 소문은 많이 들었심다."

그러며 서동호가 석동출을 보았다.

"그란데 내가 우리⋯⋯."

"마동철입니다."

"그래, 우리 동철 씨, 김 교수한테 말로만 들었지 내랑 보는 건 오늘이 처음 아니오."

서동호도 석동출을 보는 건 오늘이 처음인 건가.

구봉팔이 생각하는 사이 석동출이 서동호의 말을 받았다.

"예, 그렇죠. 인사가 늦었습니다."

"아이라예. 인사야 피차 전화로다가 주고받았고⋯⋯ 으음, 거 초면에 이런 말을 하는 게 좀 그렇습니다마는, 오해하지 마시고."

서동호는 일부러 '크흠' 하고 헛기침을 한 뒤 말을 이었다.

"어째, 우리 동철 씨, 마 회장님 조카분이라 들은 것치고는 좀 많이 안 닮으신 거 같소."

석동출은 잠시 뜸을 들였다가 대답했다.

"많이 듣습니다."

"그래요? 아, 오해는 하지 마시고, 내 언제 먼발치에서 마 회장님을 한번 본 적이 있는데⋯⋯ 오늘 우리 동철 씨 생긴 걸 보니 인물도 훤칠하니 회장님께서 자랑스러워하시겠다, 이 생각이 들었지 뭐요."

에둘러 말하기는 했지만, 실상 '너 진짜 마순태 조카가 맞냐?'고 따져 묻는 것이었다.

그도 그럴 것이 부산 조폭들 사이에서는 어느 날 갑자기 마순태의 조카랍시고 나타난 마동철에 대한 소문이 무성했다.

구봉팔이 과장이라고 생각했던 것과 달리 서동호가 '부산 바닥(물론 어디까지나 깡패들 세계이긴 하지만)에서 마순태를 모르면 건달이 아니'라고 한 것은 별로 과장이 아니었다.

지금은 노쇠한 데다 이런저런 일로 조직이 쇠퇴하며 뒷방 늙은이 취급 받는 마순태지만, 두 주먹으로 일대를 평정한 그의 입지전적인 전설은 부산 깡패들에게 귀감(?)이 되는 이야기였고, 그에 따른 헛소문 같은 전설도 무성할 정도였다.

그런 만큼 마순태는 삼국지연의의 장비를 연상케 할 만큼 기골이 장대하고 인상부터가 남다른 인물이었는데, 정작 그런 마순태의 조카라고 하는 마동철의 모습은 허여멀건 한 얼굴에 어딘지 모르게 인텔리의 느낌마저 풍기고 있으니 이는 '발가락이 닮았다'는 변명을 하려 해도 삶은 무에 젓가락도 안 박힐 소리였던 것이다.

김 교수는 서동호의 지적에 속으로 '이래서 내가 안 된다고 했잖아.' 하고 중얼거리면서, 겉으론 웃는 얼굴로 끼어들었다.

"하하하, 그런 우리 동철 씨가 외탁을 많이 해가 그런 거 아니겠습니까. 그렇죠, 동철 씨?"

"뭐, 그렇습니다. 그래도 동호 씨가 오해하시는 것도 당연하죠."

석동출이 태연하게 대답했다.

"편의상 조카라고 말씀드리긴 했습니다만, 사실은 촌수가 좀 더 복잡합니다."

"그래요?"

"예. 구체적으로 말씀드리자면 회장님께서는 제 당숙 되는 분이십니다."

"당숙?"

"예. 회장님께서는 제 아버지의 사촌 형님이시죠."

"아, 그걸 당숙이라 부르는구먼. 내가 먹물을 못 먹어가 바로 못 알아들었네."

"아닙니다. 핵가족 시대라 불리는 시대니까요. 보통 사촌 지간을 넘어가면 연락도 잘 안 한다고 하지 않습니까."

"하긴 그렇소."

"솔직히 그 외에는 남들 앞에서 떳떳하게 말할 집안 편력은 아니고…… 또 저희 아버지께서는 당숙, 그러니까 회장님을 별로 좋아하지 않으셔서 좀처럼 왕래가 없었습니다만 아버지께서도 최근 들어 생각이 유해지셨는지 찾아뵙고 인사를 드리는 정도는 허락하시더군요."

거참, 경찰이 위장 신분 설정 하나는 그럴듯하게 지어냈군 그래.

꽤나 절절한 사연이었지만 집안에 깡패가 있으면 형제 사이라도 절연하는 경우가 왕왕 있다 보니, 깡패 입장에서는 '흔한' 이야기 중 하나였다.

그 대목에서 김 교수가 끼어들었다.

"하긴, 마 회장님이 대단하신 분인 건 분명합니다만 이제 연세도 있으시고, 또 혈육이 없다 보니…… 아이고, 이거 진호 씨 앞에서 괜한 이야기를 꺼낸 거 같군."

김 교수의 은근한 지적에 서동호는 그제야 자신이 괜히 긁어 부스럼을 만들어 자리를 어색하게 만들 뻔했다는 자각을 하며 민망한 듯 머리를 긁적였다.

"아, 그거참. 저도 실례했심다. 귀하기로 따지면 우리 진호 햄도 어디서 꿀릴 거 없는 분이신데."

"하하, 내가 무슨."

"우리 동철 씨가 워낙에 인물이 좋아 가지고, 하하……. 에이, 이런 자리엔 술이 있어야 하는데, 술이 와 이리 늦노?"

김 교수는 서동호가 민망하지 않게끔 맞장구를 쳐 주었다.

"이거, 동호 씨가 오신다니 아주 상다리가 부러지게 차려 올 모양입니다, 하하."

"그라지예? 그라도 인마들, 이거 안 되겠네. 내 오늘 군기함 잡아 보겠심다. 귀하신 분들 모셔 놓고 이리 늦어가 내 얼굴을 우째 펴고 살겠노."

고작 대화 몇 마디 나누고 있었을 뿐인데 괜한 불똥이 튀었을 업소 바지 사장에겐 명복을 빌어 주기로 하자.

그래도 어쨌건 서동호의 푸념이 떨어지기 무섭게 웨이터
가 아가씨 넷을 데리고 방에 들어왔다.

"와 이리 늦었노?"

서동호가 눈을 부라리며 웨이터를 보자 웨이터가 지레 겁
에 질렸다.

솔직히 평소보다 빠르면 빨랐지, 늦은 건 아닌데 이런 말
을 하니 억울하긴 했지만 기분 잡친 깡패와 똥은 말이 통하
질 않으니 피하는 게 상책이다.

"죄송합니다. 얘가 출근이 늦어가."

"새끼가 뚫린 입이라꼬……."

그런 와중 얼토당토 않는 변명을 하는 웨이터에게 서동호
가 다시 눈을 부라리자 방긋방긋 웃으며 들어온 아가씨들마
저 긴장했고, 김 교수가 슬그머니 끼어들었다.

"그 대신 잘 노는 애들로 데려온 거 맞지?"

웨이터가 차렷 자세로 대답했다.

"옙!"

"그렇다고 하니 동호 씨가 내 얼굴을 봐서라도 좀 봐주게.
보아하니 에이스들로다가 데려온 모양이니. 그 왜, 인내는
쓰지만 그 열매는 달다고도 하지 않던가?"

그래도 김 교수의 중재 덕분에 조금 자존심을 챙긴 서동호
가 턱짓을 했다.

"마 됐다. 니는 교수님 덕에 산 줄 알고 상이나 퍼뜩 깔아

봐라."

"옙!"

웨이터는 뒤따라온 애들을 시켜 부리나케 상을 차린 뒤 '즐거운 시간 되십시오!' 하고 외친 뒤 팁은커녕 불상사에 휘말리지 않은 것에 감사하며 얼른 자리를 떴다.

'대강 상황을 알 것 같으면서 아직 잘 모르겠군.'

구봉팔이 이 자리에서 보아하니 김 교수와 석동출은 한편이지만 서로 잘 아는 사이는 아니었고, 서동호와 김 교수는 면식이 있는 사이이되 별로 친하지 않은 '비즈니스적 관계'였다.

그리고 그들은 이 자리에 조광의 대변인인 자신을 불러내 무언가, 서동호로―그를 대리로 앞세운 최봉식―하여금 '어떤 거래'를 하고자 하려는 것도.

'그 정도쯤은 짐작했지만 문제는 저기 있는 석동출이군.'

그도 강이찬을 통해 김 교수가 안기부를 통해 사법적 거래를 했고, 지금은 안기부의 끄나풀이라는 것을 알고 있지만 석동출과 그 뒤를 봐주고 있는 마순태 회장이란 인물의 관계까지 나아가려니 머리가 꽤 복잡했다.

'……설마하니 석동출도 안기부 편에 선 건가?'

속단은 이르다.

어쩌면 김 교수란 인물은 경찰(석동출)과 안기부 사이에서 줄타기를 하는 중일지도 모르니까.

구봉팔이 석동출에 대해 생각하는 동안, 석동출 또한 구봉팔이 '가명'을 대 가며 이 자리에 있는 것이 못내 궁금했다.

김철수와 손을 잡고 위장 신분을 내세워 마동철이란 인물을 연기하는 것까진 그렇다 쳐도, 구봉팔이 신분을 감춰 가며 부산에 있는 이유는 당최 알 수 없었던 것이다.

'설마, 구봉팔 쪽도 마약에 눈독을 들이고 있나?'

각자가 동상이몽을 하는 사이 몇 순배 술이 돌았고, 김 교수에게 배정된 도우미는 김 교수와 함께 배경음악처럼 듀엣으로 노래를 불렀다.

김 교수가 자리를 비운 지금, 서동호가 옆에 앉은 아가씨가 먹여 주는 과일을 으적으적 씹어 대며 입을 뗐다.

"그런데 나는 그렇다 치고, 진호 햄이랑 동철 씨 사이에 이야기가 없었네."

석동출로서는 바라던 바였다.

"진호 씨, 김 교수님께 들으니 조광에서 오셨다던데요."

"아, 예. 그렇습니다."

서동호가 끼어들었다.

"그라고 보이 두 분 다 스울서 오신 양반이구마. 혹시라도 만난 적 있습니까?"

있다마다, 취조까지 받은 사이인데.

구봉팔이 웃으며 고개를 저었다.

"그럴 리가. 서울에 사람이 몇인데 오가며 볼 수 있겠나."

"에이, 햄, 부산도 큽니더. 마, 대한민국 제2의 도시라 안 캅니까."

"그래, 그건 나도 잘 알지."

"근데 동철 씨."

서동호가 석동출을 보며 물었다.

"내가 이건 잘 못 들었는데, 동철 씨는 서울서 뭐 하다 부산까지 내려왔습니꺼? 아, 그냥 단순히 궁금해 갖고, 호기심 차원에다가."

이번에도 에둘러 말하고 있었지만, 어떻게 보건 건달 같지 않은 인상의 석동출이 마순태의 조카랍시고 '이 자리'에 있는 것이 여전히 수상쩍었던 것이다.

사실 경찰 시절에도 석동출은 정진건 같은 무투파보단 인텔리 느낌이 다분히 풍겨서 범죄자들이 곧잘 얕잡아 보곤 했다.

'이 김에 짚고 넘어가 줘야겠군.'

석동출은 그 취조 아닌 취조에 이번에도 태연하게 대답했다.

"지금은 엔터테인먼트 사업을 하고 있었습니다."

"엔터…… 뭐?"

"연예인 기획사라고도 하죠."

"아."

서동호가 눈을 동그랗게 떴다.

그도 잘은 모르지만, 연예인을 끼고 사업을 했다고 하니 석동출이 조금 대단해 보인 것이리라.

"그라믄 그, 뭐냐, 김승연! 김승연도 본 적 있소?"

"하하, 아뇨. 그 정도 톱스타를 관리할 정도로 큰 회사는 아니고…… 영세한 곳입니다."

석동출이 비릿한 미소를 지었다.

"그리고 동호 씨는 잘 모르시겠지만 이쪽도 사람 다루는 일 하는 곳이거든요. 이래저래 주먹 좀 쓰는 애들이 있는 바닥입니다."

사실상 '우리는 동류'라는 말이었다.

실제로 이 시대 엔터테인먼트 업계엔 소위 말하는 깡패들이 개입해 있는 경우가 많았고, 그에 대해 어디선가 주워들은 바 있던 서동호는 그 암시를 알아들었다.

"그랬구먼. 그라믄 동철 씨가 부산에 오신 것도 그 연장선 같은 거요?"

"그런 셈이죠. 좋은 애들 있으면 데려다 쓰고…… 그 일로 겸사겸사 회장님 덕도 좀 볼까 싶어서요."

그 노골적으로 천박한 말에 서동호는 웃음을 터뜨렸다.

"하하하! 이거 참, 동철 씨 보기보다 괜찮은 사람이었네."

서동호는 이 자리에 불쑥 튀어나온 석동출이 오늘 진행할 이야기에 끼어들어 이익을 나눠 가지려는 것은 아닌가, 경계해 말한 것이지만.

같은 깡패 짓이라도 엔터테인먼트 업계와 서동호가 몸담은 곳은 서로 이익을 나눌 필요가 없는 곳이었다.

그것도 서울에서 하는 사업도 여전히 병행하는 모양인데다, 부산에서 무슨 일이 벌어지건 개의치 않는단 암시까지.

그러니 오히려 앞으로 진행할 '부산 깡패 규합'에 (겉으론 전설이니 뭐니 추겨세워 주고는 있지만)한물간 깡패인 마순태의 이름만 빌려준다면 석동출(마동철)을 경계하거나 싫은 기색을 낼 필요도 전혀 없는 것인 데다 진행하기에 따라서는 상호 원원의 관계를 구축할 수도 있으리라.

계산이 끝난 서동호는 함박웃음을 지으며 곁의 도우미 아가씨들을 돌아보았다.

"마, 니들도 들었제? 여기 계신 동철 씨 잘 모시라. 잘하믄 니들 TV에 출연 시켜 줄 수도 있는 분이라 안 카나."

"어데예."

석동출 곁의 여자가 아양을 떨며 석동출에게 팔짱을 꼈다.

"내는 이 오빠야가 처음부터 마음에 들었는데?"

"하하, 문디 가시나, 말이나 몬하믄. 됐고 술이나 따라 드리라."

그 대화를 들으며 구봉팔은 설정 한번 꽤나 구체적이란 생각을 했다.

그렇게 몇 차례 술잔이 돌고 그 자리에서 서동호가 가장 일찍 취했다.

"동호 씨? 동호 씨."

김 교수가 흔들어 깨워 보았지만 서동호가 코를 드르렁 골며 일어날 생각을 하지 않자 그는 구봉팔에게 난처한 듯 어깨를 으쓱였다.

"이거, 동호 씨가 먼저 취한 거 같네."

아침에 서동호의 주량을 보았던 구봉팔은 누군가 약이라도 탄 모양이라고 생각하면서도 모른 척 고개를 끄덕였다.

"그러면 여기서 정리하기로 하죠."

"그게 좋겠습니다."

애당초 도우미 아가씨를 옆구리에 낀 채로 '진지한 논의'를 주고받을 수 있을 리 없으니, 오늘 이 자리는 어차피 그저 밑밥을 까는 단계에 불과했다.

"진호 씨는 어떻게 하시겠습니까?"

"저는⋯⋯."

구봉팔은 슬쩍 석동출을 쳐다보았고, 석동출이 눈짓하는 걸 확인한 뒤 아가씨의 옆구리를 손으로 감으며 김 교수에게 보란 듯이 히죽 웃었다.

"멀리는 못 갈 거 같고, 술이 깰 동안 근처에 방 하나 잡을 수 있겠습니까?"

"흐흐, 물론이죠. 제가 모시겠습니다."

그러며 김 교수가 석동출을 보았다.

"동철 씨도 갈 거지?"

"그럼요. 제가 혼자 남아서 뭐 하겠습니까?"

석동출을 보는 김 교수의 눈에 언뜻 경멸의 빛이 어렸다가 사라졌다.

"알겠습니다. 나가서 택시를 타죠. 아, 그리고……."

김 교수가 혼자 '2차'를 나가지 못하게 된 서동호의 도우미를 보았다.

"너는 롱 타임으로 잡아 줄 테니까 알아서 잘 모셔라. 알겠냐?"

"예에."

'일'을 뛰지도 않고 생돈을 준다니, 그녀는 활짝 웃는 얼굴로 고개를 끄덕였다.

어쨌건 거래처 상대로 하여금 이렇게 '남자의 자존심'을 챙겨 주는 건 이 바닥 손님들에겐 흔한 일이었다.

"그러면……."

"동호 씨는 제가 부축하죠. 동철 씨도 도와주시겠습니까?"

석동출이 고개를 끄덕였다.

"그러죠."

구봉팔과 석동출이 서동호를 부축한 상태로, 김 교수는 도우미 넷을 대동한 채 웨이터의 '또 방문해 주십시오!' 하는 인사를 들으며 단란주점을 나섰다.

택시를 나눠 타고 김 교수가 잘 알고 있다는 관광호텔에 도착한 이들은 방 네 개를 잡았고, 김 교수는 석동출과 구봉팔이 인사불성 상태의 서동호를 침대에 눕히는 걸 보며 도우미에게 말했다.

"아침까진 사장님 옆에 있도록 해라. 알겠지?"

"그라믄예."

방 밖으로 나온 김 교수가 구봉팔에게 말했다.

"그러면 저희는 여기서 각자 찢어지죠. 진호 씨, 즐거운 시간 보내십시오."

"아, 예. 교수님도요."

구봉팔과 석동출, 김 교수 세 사람은 각각 아가씨가 기다리는 방으로 흩어졌다.

구봉팔이 지친 얼굴로 호텔 방에 들어서니 도우미 아가씨가 고혹적인 얼굴로 침대에 다리를 꼬고 앉은 채 기다리고 있었다.

"오셨어예? 먼저 씻을까예, 아니믄 같이 들어갈래예."

"아니, 됐어."

여자가 눈을 동그랗게 떴다가 질색하는 얼굴로 그를 보았다.

"설마, 안 씻고 하실라고예?"

구봉팔이 그녀를 지나쳐 창가 앞 의자에 앉으며 대답했다.

"그게 아니라, 그런 거 할 필요 없다고."

"⋯⋯예?"

여자는 어리둥절한 얼굴로 고개를 갸웃하더니 이내 뭔가 깨달은 듯 배시시 웃었다.

"아, 그겁니꺼. 말을 하시지."

뭐라는 거야?

구봉팔이 담뱃불을 붙이느라 묻는 타이밍을 놓친 사이, 여자가 핸드백을 들고 구봉팔 맞은편에 앉으며 말을 이었다.

"손님도 이거 소문 듣고 오신 거지예?"

여자는 이내 핸드백을 뒤적이더니 하얀 가루가 든 조그만 봉투를 꺼내 살살 흔들었다.

"근데 이거는 추가 요금이 생기는데. 그라도 걱정 마시라예, 오빠야한테는 내가 싸게 서비스 해 줄 테니까."

"……"

"안 그래도 스울서 여까지 무신 일로 왔나 했드만 다 알고 온 거였네. 혹시 해 보고 생각 있으면 말씀하이소."

이거 참, 술집 여자가 아무렇지도 않게 핸드백에서 마약을 꺼내고 있다니.

광남파가 들여온 마약은 꽤나 일상(?) 깊숙한 곳까지 파고든 모양이었다.

'……이건 꽤 위험하군.'

구봉팔은 담배를 재떨이에 세워 두고 모른 척 그녀에게 물었다.

"어디서 구했냐?"

"아무나 못 구하는 겁니더. 왜요, 쫌 사 가실라고예?"

"생각 중이야."

"그래도 오늘 처음 만나가 소개해 주는 건 쫌 그런데."

여자가 손바닥으로 탁자를 쓸었다.

"이런 건 신용이 생명이라 안 합니꺼. 내한테 물건 파는 아 뚫는 거도 쫌 어려웠는데……."

그때 똑똑, 문을 두드리는 소리가 들리자 여자는 황급히 하얀 가루를 핸드백에 집어넣고 시치미를 뗐다.

"나가 보이소."

"그래."

구봉팔은 여자를 잠시 그 자리에 남겨 두고 호텔 문을 열 었다.

"실례하겠습니다."

걸쇠 틈으로 석동출이 맥주가 든 봉투를 들어 보였다.

"잠시 들어가도 되겠습니까?"

"……잠시만 기다리시오."

구봉팔은 문을 닫은 뒤 걸쇠를 풀어 다시 문을 열었다.

"감사합……."

석동출은 성큼 방 안으로 발을 들였다가 창가 앞 의자에 새침하게 앉아 있는 여자를 보곤 구봉팔을 쳐다보았다.

"혹시 방해했습니까?"

"아니오."

한편 여자는 구봉팔이 술집에서 본 손님을 방에 초대(?)하 는 걸 보며 황당하단 얼굴이었다.

"뭔데예? 설마 저보고 둘이나……. 그런 건 처음부터 말을
해 줘야 할 꺼 아닙……."

"그런 거 아니야."

구봉팔이 지갑을 뒤져 배춧잎을 다발로 꺼낸 뒤 그녀에게
건넸다.

"받고 나가 봐."

"……."

그제야 여자는 분위기가 심상치 않게 돌아간다는 걸 깨닫
고 구봉팔과 석동출을 번갈아 보았다.

"……뭔데예? 혹시 오빠야들 경찰입니꺼? 내도 아는 사람
있어예. 제가 여기서 소리 한 번만 지르믄……."

"하."

구봉팔은 헛웃음을 터뜨린 뒤 비릿한 미소를 지으며 그녀
의 귓가에 대고 속삭였다.

"좋네. 한번 해 봐. 지금 부산 깡패들이 네 핸드백 안에 있
는 물건 찾아다니는 건 아직 모르지? 차라리 짭새였으면 하
고 생각하게 해 줄까?"

구봉팔이 작정하고 살기를 담아 말하자 순탄치 않던 삶을
살아온 여자의 눈가에도 눈물이 그렁그렁해졌다.

"……지, 지한테 왜 이럽니꺼."

"뭐긴."

구봉팔이 여자의 손목을 쥐고 그 손에 지폐 다발을 쥐여

주었다.

"너는 오늘 서울에서 온 손님 대접 잘 하고 돌아간 거야."

"……."

"그것만 잘 알고 있으면 아무 문제 될 거 없다. 알겠지?"

"……."

"대답."

"예."

"말해 봐."

"……스울 서 오신 손님 대접해 드렸다고예."

"그래, 잘하네."

구봉팔은 여자의 어깨를 툭툭 두드려 준 뒤 의자에 앉았다.

"이제 가 봐."

"……."

여자는 허둥지둥 핸드백을 챙겨 호텔 방을 빠져나갔다.

석동출은 그런 여자를 물끄러미 쳐다보다가 쓴웃음을 지으며 구봉팔을 보았다.

"적당한 화대도 던져 주었으니 그녀에게 이렇게까지 안 하셔도 되었을 텐데요."

구봉팔이 재떨이에 세워 둔 담배를 집어 들며 대답했다.

"그 여자, 방금 전까지 저한테 마약을 권하는 중이었습니다."

"······흠."

그제야 석동출도 얼굴에 드리운 쓴웃음을 거둬들였다.

"그렇다면 오히려······."

"오히려 그렇게 됐으니 아무 말 안 할 거요. 저런 여자는 자기가 어디에 붙어야 안전한지 잘 알 테니까. 그보다 계속해서 계실 겁니까?"

"아뇨, 앉죠."

석동출은 방금 전까지 여자가 앉았던 구봉팔 맞은편에 앉으며 맥주와 안주가 든 비닐봉투를 두 사람 사이 바닥에 내려놓았다.

"구봉팔 씨와 맥주 한잔하면서 회포나 풀어 볼까 했는데, 그런 분위기는 아닌 것 같군요."

"하하."

구봉팔이 건조하게 웃으며 재떨이에 담뱃재를 털었다.

"이쪽이야말로 묻고 싶을 지경입니다. 마동철? 대체 어떻게 된 일입니까?"

"······설명하자면 복잡합니다."

석동출이 담배를 꺼내 입에 물자 구봉팔이 기다렸다는 듯 불을 붙여 주었다.

"고맙습니다."

"뭘."

구봉팔이 라이터를 올려놓으며 말을 이었다.

"피차 초면도 아니고, 서로 할 이야기가 많을 거 같은데. 천천히 해 봅시다. 공식적으로는 호텔에서 각자 뜨거운 밤을 보내는 중이니까."

석동출은 어지간히도 결벽증적인 성격인지 구봉팔이 꺼낸 약간의 음담패설적인 뉘앙스에도 떨떠름한 얼굴을 하며 물었다.

"제가 먼저 할까요, 아니면 구봉팔 씨가 먼저?"

"동출 씨 먼저 하시죠."

"그러겠습니다."

석동출이 물었다.

"부산에는 어쩐 일이십니까?"

"질문이 상당히 포괄적이시군. 소문 못 들으셨습니까?"

석동출이 대답했다.

"서울에서 괴한에게 습격당해 요양 중이시란 소문은 들었습니다만."

"말 그대로요."

구봉팔이 허리를 굽혀 맥주 캔을 꺼냈다.

"그래서 휴가차 부산에 내려와 있는 거라면 대답이 되겠소?"

"그건 대답이 안 되는 것 같습니다. 그러면 구봉팔 씨가 습격을 당한 것 자체는……."

"사실이지. 이제 내 차례요."

"……."

구봉팔이 맥주 캔을 따며 물었다.

"석동출 씨, 아직 경찰이오?"

석동출이 쓴웃음을 지었다.

"왜요, 제가 이직이라도 한 거 같습니까?"

"이런 질문에는 예, 또는 아니오란 대답이 뚜렷하게 나올 것 같소만."

"……."

석동출은 대답하지 않았다.

그럼에도 구봉팔에겐 충분한 대답이 됐다.

'경찰 입장에서 이 일을 하고 있는 건 아니란 의미군.'

그리고 구봉팔은 지금 현재 그가 '안기부'와 함께 일하는 중일 거라고 생각했다.

'김 교수가 실은 안기부 끄나풀이라는 건 강이찬에게 들었고.'

다만 석동출이 어째서 안기부와 함께 일을 하고 있는 것인가 하는 건, 구봉팔로서도 못내 마음에 걸리는 일이었다.

'……그도 그럴 게, 조설훈이 죽었을 당시 가장 가까이 있던 게 저 인간이니까.'

하지만 물은들 그가 거짓말로 대답하지 않으리란 보장은 없다.

'마음 같아선 지금이라도 두들겨 패가며 묻고 싶긴 하다

만.'

부산에서 먹어 주는 마순태 회장의 조카에게 폭력을 행사해서야 이 모든 일이 허사로 엎어질지 모르니.

'까딱하면 조세화나 이성진 쪽에 불똥이 튈지도 모를 일이고.'

그러니 안기부에 대해선 언급하지 않는 선에서 이야기를 진행해야 할 듯하다.

'내가 조설훈의 사인에 대해 의구심을 품고 있다는 것까지도.'

구봉팔은 생각한 바를 내색하지 않으며 입을 뗐다.

"썩 내키지는 않지만 이번에는 그쪽 입장을 헤아려 그냥 넘어가겠소. 나도 굳이 알 필요 없는 건 알고 싶지 않으니까."

"……예."

그래서 석동출은 구봉팔이 이번 일을 '경찰의 일'이라고 생각 중이리라 여겼다.

"그 대신이라고 말하기는 뭣하지만, 그쪽에 더 물어볼 권리는 있는 걸로 보고."

구봉팔이 말을 이었다.

"그 위장 신분은 들킬 염려가 없는 거요?"

"예."

이번에는 '무해한 질문'이라 여겼는지 석동출은 흔쾌히 대답했다.

"마동철은 실존하는 인물이며 실제로 마순태의 당조카이기도 합니다. 서울에서 엔터테인먼트 사업을 하고 있다는 것도 틀림없고요."

안기부가 알아봐 준 모양이군.

"그렇다면 됐소. 최봉식이란 인간은 꽤 빈틈없는 인간이니 응당 뒷조사를 할 거라고 보았거든."

"그러는 구봉팔 씨는 박진호라는 위장 신분이 들키지 않을 거라고 생각하십니까?"

"질문이라고 봐도 되겠소?"

"……."

"농담이오. 나 원, 스무고개 넘는 것도 아니고."

구봉팔이 대답했다.

"대놓고 말하지는 않았지만 최봉식은 내가 실은 누구란 것쯤은 눈치챈 걸로 보이오. 그 오른팔 격인 서동호는 내가 구봉팔이란 걸 모르고 있겠지만, 그에게 그건 하등 중요하지 않은 일이지. 어쨌거나 그에게 필요한 건 이번 일에 '조광'은 개입할 의사가 없다는 거니까."

구봉팔은 의도적으로 꽤 깊이 있는 정보를 풀어냈고, 석동출은 그런 구봉팔의 의도를 잘 잡아챘다.

"그렇다는 건, 구봉팔 씨가 부산에 오신 것은 예의 습격 때문이었던 겁니까?"

"아니, 그건 휴가차 온 거였소."

"……."

"정말이오."

구봉팔이 말을 이었다.

"나는 서울에서 나를 습격한 이가 누구라는 걸 모른 채, 일단 범인의 추이를 살피고자 몰래 부산에 온 것뿐이었소. 범인이 누구건 그가 나를 공격하는 것에 성공했다면 그 결과에 따라서 움직임을 취할 테니까."

물론 누구일 거란 짐작은 하고 있었지만, 구봉팔은 그 부분은 감췄다.

"그리고 겸사겸사 조광의 자회사 경영 형태를 알아볼 겸 박진호라는 이름으로 여기저기 들쑤시고 다니던 와중 최봉식을 만나 여기서 벌어지고 있는 일이 내게 벌어진 일과 무관하지 않을지도 모른다는 정보가 얻어 걸린 상황이오."

그래서 당시 최봉식은 광남파가 조광의 사주를 받아 부산에 진출하는 교두보를 마련한 것은 아닌가 하며 구봉팔을 떠보았고, 그 과정에 구봉팔은 역으로 광금후와 광남파 사이의 관계를 알게 되었다.

'나 역시도 강이찬의 원수와 이런 식으로 맞닥뜨리게 될 줄은 꿈에도 몰랐지.'

그러며 구봉팔은 이 일이 마치 누군가가 짜 놓은 판 위에 올라선 것처럼 공교로운 일이라 생각했다.

'……그럴 일은 없겠지만.'

구봉팔의 이야기를 들은 석동출이 고개를 끄덕였다.

"즉, 구봉팔 씨가 부산에 오신 건 조광과 무관한 일이었군요."

"아니, 이제는 무관하지 않지. 그쪽도 알다시피 광남파의 뒤를 광금후가 봐주고 있던 데다가 그 광남파가 조광에서 금기시하는 일로 재미를 보고 있다는 걸 알게 되었으니까."

석동출은 구봉팔의 말에 우연치고는 공교롭다는 느낌을 받았지만, 지금 그는 구봉팔의 말에서 진위 여부를 판가름할 입장이 아니었다.

'설령 그 과정이 거짓이라 한들 지금 목적이 그런 것인 이상은…….'

석동출이 물었다.

"그러면 구봉팔 씨는 지금 광남파에서 취급 중인 마약류를 어떻게 취급해야 할지 입장을 정한 상태입니까?"

"내 입으로 스무고개 어쩌고 하긴 했지만 질문이 너무 많은 거 같소."

"……물어보시죠."

구봉팔은 맥주를 한 모금 마신 뒤 대화 중 재가 길게 남은 꽁초를 비벼 끄곤 새 담배를 입에 물었다.

그런 구봉팔에게 석동출이 라이터로 불을 붙여 주었다.

"고맙소."

"……아뇨."

구봉팔은 담배를 한 모금 태운 뒤 다시 입을 뗐다.

"그럼, 애당초 김 교수와 당신은 이 상황을 어떻게 풀어 갈 예정이었소?"

"……질문이 포괄적이시군요."

"방금 전엔 나도 꽤 길게 답했다고 생각하니까. 꼭 그래서는 아니지만 석동출 씨도 그 정도 성의는 보여 주었으면 좋겠는데."

"……."

석동출은 대답 대신 담배만 태웠다.

구봉팔은 그런 석동출을 물끄러미 쳐다보다가 담배를 한 모금 피운 뒤 말을 이었다.

"나는 석동출 씨가 자신이 처한 입장을 헤아려 보았으면 좋겠소."

"……입장?"

"그래. 나는 아까 말했듯 박진호이건 구봉팔이건 하등 상관없지만, 그쪽은 다를 거요."

즉, 여기서 정체가 탄로 나면 곤란하게 될 인물은 경찰에 몸담았던 석동출뿐일 거란 말이었다.

"……지금 협박하시는 겁니까."

"협박이라니, 표현이 좀 그렇군. 이 상황에선 누가 당신 편인지 명확히 알고 있으란 이야기요."

"……."

"우선 이것부터 짚고 넘어가야겠군. 나는 부산 조폭들이 광남파를 어떻게 하건 신경 쓰지 않소. 조광은 이미 비합법적인 일에서 손을 뗐고…… 아니, 이런 말은 좀 그렇군."

구봉팔은 자조적으로 웃은 뒤 말을 이었다.

"최소한 부산에 조광이 폭력 단체를 앞세워 진출할 계획은 없소. 광금후가 광남파와 결탁했다고 하더라도 그건 광금후 개인이 저지른 일이지 조광의 의사는 아니란 거요. 그건 조설훈이 살아 있었더라도 마찬가지였을 것이오."

그 말을 한 뒤 구봉팔은 석동출의 안색을 살폈다.

석동출은 구봉팔이 조설훈 이름 석 자를 입에 담았음에도 움찔하는 모습조차 보이지 않았다.

'그게 더 의심스럽단 말이지.'

구봉팔이 말했다.

"그렇다고는 하나 광금후가 조광 소속이라는 건 변하지 않으니, 내가 몸담은 조광 입장에서는 이번 일을 광금후 개인이 저지른 불찰이라는 것을 명확히 해 둔 상황에서 부산 조폭들이 광남파를 지지든 볶든 상관하지 않겠단 입장을 고수할 생각이오. 아, 이거면 아까 그쪽이 물어본 '내 입장'에 대한 답도 되겠군."

"……"

"그리고 최봉식 측은 거기서 뭐가 나오건 간에 조광 입장에서는 개입할 의사도, 그럴 명분이나 자격이 없다는 것까지 이해하고 있을 것이오."

구봉팔이 부산 조폭들을 만나며 알아낸 바, 지금껏 부산 조폭이 광남파를 치는 것에 주저한 것은 광남파의 배후에 조광이 도사리고 있을지도 모른단 이유 때문이었다.

비록 한때 조성광의 부산 진출은 실패하였으나, 당시 상황은 부산 조폭들에게도 위기였다.

부산 조폭 입장에서는 수도권 일대를 장악하고 있는 조광과 전쟁을 원치 않았고, 그건 지금도 마찬가지였다.

그런 와중 눈엣가시 같던 광남파가 사실 조광과 무관했다고 하면 그들 입장에서는 조광의 눈치를 살필 이유가 없어진다.

그러니 구봉팔이 여기저기 얼굴을 비추고 다니며 '마동철'을 만난 것은 그들이 광남파를 치는 것에 개입할 의사가 없음을 알리는 묵시적 협의의 과정에 다름 아니었다.

구봉팔이 말을 이었다.

"어쨌건 이번 일에 야트막하게나마 개입하고 있는 입장에서, '석동출 형사'가 별로 친해 보이지도 않는 김 교수란 인물과 작당해서 무슨 일을 벌이려 하는지 정도는…… 개인적인 보신 차원에서라도 알 권리가 있다고 생각하는데, 어떻게 생각하시오?"

한참 동안 생각에 잠겼던 석동출이 한숨에 섞어 담배 연기를 뿜었다.

"……후우."

생각해 보면 구봉팔 입장도 이해는 갔다.

예전, 살인 사건 용의자로 자신을 취조했던 형사가 어느 날 부산에서 전설적인 조폭의 조카랍시고 가명을 대며 나타 났다면, 응당 이 상황을 의심할 수밖에 없을 것이다.

그렇다고 안기부에서 일을 허술히 처리한 것도 아니었다.

안기부는 이번 작전을 꽤 오랫동안 공들여 왔다.

그건 범죄와의 전쟁 이후, 부산 조폭들과 유착해 오던 당 시 안기부 요원들을 경질한 이후부터 진행되었다고, 김철수 는 그에게 전했다.

'그렇다는 건 이 작전이 지금으로부터 최소 3년 전부터 계 획한 일이란 거지.'

그사이 안기부는 당시 안기부 요원들과 조폭 사이에서 로 비를 해 오던 김 교수를 구워삶았을 뿐만 아니라 마순태까지 끄나풀로 만들었다.

심지어 그들은 자신의 마동철이란 위장 신분도 준비해 주 지 않았던가.

이런 상황에 석동출의 임무는 그 '안기부가 다 깔아 둔 밥 상에 앉아 숟가락으로 밥을 떠먹기만 하면 되는 간단한 임무' 였으나, 김철수도 그 밥상 맞은편에 구봉팔이 떡하니 앉아 있을 거라고는……

'그러니 지금 상황은 말 그대로 악연에서 비롯한 우연……'

안기부 입장에서도 이번 상황은 예상치 못한 일이었을 것이다.

그도 그럴 것이, 아무리 대한민국 땅덩이가 좁다지만 위장 신분으로 활동하는 전직 경찰 출신 요원이—그것도 지방에서—예전에 취조했던 용의자를 만날 것이라고 누가 예상이나 했겠는가.

석동출은 지금이라도 김철수에게 전화를 걸어 어떻게 하면 좋을지 물어보고 싶은 기분을 꾹 눌러 참으며 입을 뗐다.

"저도 많은 걸 말씀드릴 수는 없습니다."

그렇게 운을 뗀 석동출이 신중하게 말을 이었다.

"한 가지 분명히 말씀드릴 수 있는 건, 제가 하고 있는 일이 조광 그룹…… 최소한 구봉팔 씨에게 피해를 끼칠 일은 없다는 정도는 자신 있게 말씀드릴 수 있습니다."

"……흠."

구봉팔은 석동출을 보며 담배를 태웠다.

석동출은 구봉팔이 무슨 생각을 하고 있는지 알 수 없는 상황에서 시간이 느리게 흘러간단 느낌을 받았다.

구봉팔이 입을 뗐다.

"좋소."

"……알아주신 겁니까?"

구봉팔이 담배를 재떨이에 비벼 끄며 대답했다.

"아니, 뭐, 이 이상 대화는 무의미하다는 걸 알게 되었지."

구봉팔의 말에 석동출이 움찔했다.

"그게 무슨 뜻입니까?"

"뭐긴. 방금 그쪽이 말하지 않았소? 당신이 하고 있는 일이 뭐가 되었건 내게 피해를 끼칠 일은 없다고. 그것부터 앞뒤가 맞지 않는 이야기 같은데."

구봉팔이 말을 이었다.

"애당초 내가 여기 온 건 광금후가 나를 습격했기 때문이오."

"……."

"그리고 내가 습격을 당하지 않았더라면 나와 내가 속한 곳에서 광금후, 나아가 광금후 배후의 광남파가 하는 일에 개입할 일은 없었을 것이오. 그렇다는 건 이 일 자체가 내가 '습격을 당한 일'이 선행해야 한단 거지."

석동출이 당황하며 구봉팔의 말에 반박했다.

"하지만 결과적으로 구봉팔 씨를 습격한 일은 실패하지 않았습니까?"

구봉팔이 담담히 대답했다.

"이번 일은 그들이 나를 공격했고, 그 배후에 광남파가 있었다는 사실만이 중요하오. 그 '결과'의 성공이나 실패 유무는 중요하지 않소."

구봉팔의 말을 들으며 석동출은 아차 싶었다.

'그 말대로야.'

광금후와 광남파에서 구봉팔을 공격했다면 이는 내부 파

벌 다툼이 현재 진행형이며, 따라서 그 자체가 광남파와 그 배후의 광금후가 벌이는 행동은 조광 전체의 뜻이 아니란 의미와 상동했다.

그것만으로도 부산 조폭 입장에선 '광남파를 치게 되면 조광 전체를 적으로 돌리게 되지 않을까' 하는 위험 부담에서 벗어날 수 있을 뿐만 아니라, 조광과 전면전을 벌일 위험이 사라지면 그 즉시 연합을 구성해 광남파를 일소할 수 있게 된다.

더군다나 대외적으로도 이미 구봉팔 습격은 '성공'했다는 소문이 퍼지는 중이니…….

'설령 구봉팔이 위장 신분을 대 가며 이 자리에 없었다 하더라도 광남파를 공격하는 일은 확정 상황이야.'

그리고 지금 벌어지고 있는 일은 그저 그 일에 대한 상호 이익의 조율에 불과했다.

석동출은 입 안이 바싹 마르는 걸 느끼며 구봉팔의 말을 받았다.

"그것과 이건 별개이지 않습니까? 그 일의 유무가 저에 대한 구봉팔 씨의 신용을 판가름할 여지는 없다고 봅니다."

"두 가지요."

구봉팔이 석동출을 물끄러미 보았다.

"하나는 댁이 처음부터 끝까지 내게 거짓말을 하고 있다는 것."

"그건……."

"들으시오. 만약 석동출 씨가 내게 거짓말을 하고 있는 거라면 내가 그쪽과 이야기를 할 필요가 없단 것이 되오."

"……."

"둘째로는 댁은 이 일에 대해 아는 바 없이 무지하다는 건데, 그것 또한 내가 댁과 시간을 허비해 가며 대화를 나눌 필요가 없단 것과 마찬가지가 될 것이오."

구봉팔의 지적에 석동출은 꿀 먹은 벙어리가 된 기분이었다.

'제길, 알아도 모른 체해야 하는 내 입장이 있는 건데…….'

그 순간 석동출의 머릿속을 관통하는 생각이 있었다.

'잠깐, 그러면 안기부에서는 광금후가 구봉팔을 공격하지 않으면 어떻게 하려고 한 거지?'

그땐 그때 나름대로 없는 명분을 만들어 내려 했을까? 아니면…….

'……그들은 광금후가 처음부터 구봉팔을 공격할 거란 걸 알고서?'

구봉팔은 혼란스러워하는 석동출을 잠시 바라보다가 자리에서 일어섰다.

"그렇게 됐으니 더 이상 시간 낭비할 필요는 없겠지."

"저……."

구봉팔이 빙긋 웃었다.

"안심하시오. 아무튼 내 쪽에서 그쪽의 정체를 발설할 일은 없을 것이니……. 댁들의 꿍꿍이속이야 어쨌건 당신들이 광남파를 공격해 주기만 하면 지금 내 입장에서는 손 안 대고 코 푸는 일이니까."

"……."

"맥주는 잘 마시겠소."

그러며 구봉팔은 석동출이 사 온 비닐봉지를 들고 호텔 방을 나갔다.

"……제길."

구봉팔이 떠나고, 방에 홀로 남은 석동출은 새 담배를 꺼내 피웠다.

호텔 밖으로 나선 구봉팔은 비닐봉투를 뒤적여 핸드폰을 꺼냈다.

"이찬이, 아직 듣고 있나?"

─예.

강이찬이 곧장 대답했다.

'통화' 버튼만 누르면 가장 최근 발신자에게 전화가 걸린다는 걸 알게 된 구봉팔은 석동출이 사 온 비닐봉지에 슬쩍 핸드폰을 집어넣는 임기응변을 발휘했고, 강이찬은 그때부터 둘의 대화를 엿듣고 있었다.

"자네가 듣기엔 어떤 거 같나."

―이 방식은 다소 성급했다고 봅니다.

구봉팔이 피식 웃었다.

"그래도 결과적으론 잘되지 않았나?"

―……왠지 지금 형님의 그 사고방식은 저희 사장님을 생각나게 하는군요.

"칭찬으로 듣겠네. 아무튼 그렇게 됐으니, 자세한 건 호텔에 가서 마저 이야기하지."

―그러시죠.

"데리러 오지는 않나?"

―……기다리겠습니다.

구봉팔은 강이찬이 일방적으로 전화를 끊은 핸드폰을 보며 피식 웃곤 주머니에 넣었다.

꽤 오랫동안 켜 둔 핸드폰은 봉지 속 차가운 맥주 캔이 미지근해질 만큼 달아올라 있었다.

'그나저나 석동출을 여기서 볼 줄이야.'

구봉팔은 이 의외의 만남을 어떻게 해석해야 할지 곰곰이 생각했다.

'……혹시, 조설훈의 죽음에 안기부가 개입해 있다던가?'

그렇다면, 안기부에서 조설훈을 죽여 얻을 이득이란 무엇이란 말인가.

'어렵군. 상담이 필요하겠어.'

그 순간, 구봉팔은 자신을 따라오는 인기척을 느꼈다.

'둘? 아니, 앞에서 오는 놈까지 합하면 셋.'

구봉팔은 주머니 속에서 핸드폰을 펼쳐 통화 버튼을 누른 뒤, 맥주 캔이 든 봉지를 둘둘 말아 손끝에 내려트렸다.

그리고 구봉팔이 눈앞의 사내를 스쳐 지나갈 때, 정면에 있던 남자가 구봉팔을 뒤에서 밀쳤다.

"야, 빨리!"

앳된 목소리.

'아직 꼬맹이인가?'

구봉팔은 생각하면서 반사적으로 손에 든 봉투를 휘둘렀다.

퍽!

구봉팔의 완력에 원심력이 더해지자, 코뼈가 으스러지는 감각이 구봉팔의 손을 타고 전해졌다.

"악!"

그 즉시 뒤에 있던 두 놈이 황급히 달려오는 발소리가 들렸다.

"아, 씨발!"

길거리 싸움에 프로며 아마추어를 나누는 기준이 있을 리만무하지만, 만약 그런 게 있다고 한다면 구봉팔은 그 라이센스를 획득할 수도 있을 것이다.

구봉팔은 몸을 돌리는 동시에 자세를 낮춰 상대의 복부에 주먹을 박아 넣었다.

그 바람에 상대는 방금 전 휘두른 주먹이 구봉팔의 머리가 있던 곳을 헛되이 날리자마자 복부에 틀어박히는 고통에 몸을 기역자로 꺾었다.

"끄억!"

구봉팔은 놈의 머리를 붙잡아 내리며 안면에 무릎을 차 먹인 뒤, 그대로 바닥에 머리째로 비틀어 내동댕이쳤다.

"뭐 하는 놈들이냐?"

그제야 구봉팔이 남은 한 놈에게 말을 걸었다.

예상대로 이제 갓 고등학생이 되었을까 싶은, 풋내기였다.

'꼬맹이 상대로 과했나?'

그렇게 생각하자마자 상대는 잭나이프를 꺼내서 구봉팔은 '그렇지도 않네.' 하고 생각을 정정했다.

"씨, 씨팔⋯⋯."

"어허, 어른 상대로 욕하면 쓰나."

잠시 쉴 틈을 준 사이, 놈들은 주춤주춤 일어섰다.

"왜, 계속할까?"

그런데 놈들은 구봉팔을 무슨 괴물 보듯 하더니, 그 즉시 '히익' 하고 비명을 지르며 뿔뿔이 흩어져 달아났다.

'나 원⋯⋯. 음?'

봉지가 터지며 바닥에 떨어진 맥주 캔을 주우려던 구봉팔은 그 순간 옆구리에서 화끈함을 느꼈다.

"흠, 이것 봐라."

아까 부딪혔던 놈이 옆구리에 잭나이프를 찔러 넣은 모양이었다.

'하긴, 이 상태로 멀쩡하게 있었다면 괴물 보듯 할 만도 하네.'

아드레날린이 가시고 나니, 옆구리에 박힌 칼이 꽤나 아팠다. 상처에 손을 가져다 댄 구봉팔은 손가락 끝에 찐득하게 묻어나는 피를 보다가 주머니 속에 열어 두었던 핸드폰을 꺼냈다.

"어이, 이찬이. 미안하지만 아무래도 나 좀 데리러 와야겠군."

ㅡ예, 가고 있습니다.

거참, 칼에 찔려서야 태우러 온다니.

'누구 운전기사 아니랄까 봐 더럽게 비싸네.'

구봉팔이 피습을 당했다는 소식에 강이찬은 즉시 박철민에게 연락을 넣었고, 구봉팔은 박철민이 '아는 병원'에 입원할 수 있었다.

그렇게 응급조치를 마치고 나니 어느덧 새벽이었다.

강이찬은 구봉팔이 입원한 개인실로 쏟아져 들어오는 푸르른 새벽빛을 등지고 떨떠름한 얼굴로 침대 위 구봉팔을 보았다.

"이렇게 될 줄 알았다면 저도 따라갈 걸 그랬습니다."

그런 강이찬을 보며 구봉팔이 피식 웃었다.

"아니야. 자네가 거기 있었다면 분명 김 교수가 어떤 식으로든 안기부에 보고를 올렸겠지. 자네가 부산에 와 있는 건 상부에 비밀로 해 두지 않았나?"

"그렇기는 합니다만."

강이찬은 그런 구봉팔을 보며 무언가 더 할 말이 있는 눈치였다.

구봉팔이 물었다.

"왜 뭔가 걸리는 게 있나?"

강이찬이 고개를 끄덕였다.

"예. 이 일을 저희 사장님께 보고해야 할지, 잘 몰라서."

"……내가 공격당한 일? 그건 비밀로 해 주면 좋겠는데."

"저도 그 일을 보고할 생각은 없습니다. 사장님이시라면 분명 이 일을 듣는 즉각 저희에게 복귀하라고 하실 테니까요."

이성진이 그렇게 할 거라는 건 강이찬과 구봉팔이 공유하는 오해로, 오히려 이성진은 그 상황에 '이 기회를 살려 보자'는 식의 제안을 던질 인물이었지만 두 사람은 그렇게 생각하지 않았다.

"제가 드릴 말씀은 석동출의 존재와 그가 위장 신분으로 내세운 마동철이란 인물 때문입니다."

마동철?

분명, 석동출은 들킬 리 없다고 자신만만하게 말하기는 했지만.

"……혹시 아는 사람인가?"

"그 정도가 아니라…… 어디까지나 동명이인이 아니라는 전제하의 이야기입니다만, '서울에서 엔터테인먼트 사업을 하고 있는 마동철'이란 인물은 저희 SJ컴퍼니의 자회사인 SJ 엔터테인먼트의 간부입니다."

"……."

이건 또 뭔.

구봉팔은 그 이야기를 어떻게 받아들여야 할지 모르겠단 얼굴을 했다.

만약 안기부에서 이를 알고서 한 거라면, 질이 나쁘다고밖에 생각할 수가 없다.

'……그리고 분명, 마동철이 이성진의 측근인 것은 당연히 알고 있겠지.'

심지어 이번 일은 마동철 본인은 꿈에도 모르는 상황일 거란 것도.

구봉팔이 떨떠름한 얼굴로 물었다.

"석동출 본인은 그걸 알고 있을까?"

"아마…… 정황상 모르지 않을까요. 거기서 나온 대화 내용과 달리 실제 마동철은 그저 그런 기획사 사장 정도가 아니니 말입니다."

하긴, SBY와 윤아름이 소속되어 있는 회사의 간부면 이제 연예계 바닥에서도 먹어 주는 위치일 것이니까.

"일단 그건 우리 둘만의 비밀로 해 두지. 자네도 알겠지만 석동출은 지금 상황에 섣불리 건들기 어려울 거 같으니까."

"예."

석동출이 조설훈의 죽음에 위증을 했다는 것은 구봉팔도 알고 있는 내용이나, 어쨌건 석동출은 현재 '마순태 회장의 조카인 마동철'로 활동하는 중이니, 그런 그를 지금 섣불리 건드리면 이번 계획 전체에 영향이 갈지도 모르는 것이다.

광남파를 치려면 아직 석동출이 내세운 위장 신분이 필요했다.

'다만 김 교수와 연결된 걸 보면 석동출이 어떤 식으로든 안기부와 엮인 것 같긴 한데.'

구봉팔이 힐끗 강이찬을 살폈다.

'……정작 안기부 요원인 강이찬도 석동출의 존재를 몰랐던 걸 보면 좀 더 신중하게 접근할 필요가 있겠군.'

(구봉팔의 생각에)이성진은 이번 일에 안기부가 어느 정도까지 알고 있는지 모르고 있을 테고, 여기엔 그에게 공연한 걱정을 끼치고 싶지 않다는 마음도 작용했다.

'물론 이 일이 끝나고 나면 그를 붙잡아 그날 무슨 일이 있었는지 제대로 따져 물어야겠지만.'

석동출은 구봉팔 자신이 조설훈의 죽음에 얽힌 비화를 알고 있다는 걸 모르는 눈치였으니, 그가 이를 눈치채기 전 석동출을 붙잡아 놓을 생각이었다.

구봉팔처럼 강이찬 또한 석동출이 이번 일에 개입해 있는 것에 대해 생각이 많았다.

'혹시 조설훈의 죽음에는 회사(안기부)가 개입해 있는 건가?'

그리고 안기부에서는 자신에게 그 일을 알리지 않았다.

'······어쨌건 회사가 나를 신용하지 않고 있다는 건 알겠군.'

강이찬 자신도 안기부에 대한 신뢰를 재고할 때라는 것도.

그렇게 서로 하고 싶은 말은 많았지만, 그건 서로가 입 밖으로 낼 수 없는 이야기였다.

그래서 강이찬은 어조를 고쳐 가며 다른 주제로 화제를 바꿨다.

"그나저나 경황이 없어서 묻지 못했는데, 이번 피습은 어떻게 된 일입니까?"

강이찬의 질문에 구봉팔은 그가 주제를 바꾼 것을 내심 반기며 골목에서 자신을 에워싼 애송이 셋을 언급했다.

"그건 즉, 금품을 노린 양아치의 소행은 아니란 거군요."

"그래. 다짜고짜 칼침부터 박고 본 놈들이니까. 그런 장난감 칼이 아니라 제대로 된 무기였으면 꽤 위험했겠군."

그게 웃으며 할 말인가.

강이찬이 고개를 저었다.

"……형님, 혹시 부산에서 남들 원한 살 일을 했습니까?"

"그거라면 얼추 짐작 가는 바는 있네."

구봉팔이 말을 이었다.

"석동출이 내 방에 오기 전, 동행한 아가씨가 내게 마약을 권하더군."

그 말에 강이찬이 눈을 가늘게 떴다.

구봉팔의 말인 즉, 그를 습격한 건 단순히 길 가다 양아치와 시비가 붙었다는 수준이 아닌, 광남파가 저지른 일이란 의미였다.

"그래서 어떻게 하셨습니까?"

"당연히 거절했지."

"그건 보면 압니다. 제가 묻고 싶은 건 어떤 식으로 거절하셨느냐는 겁니다."

구봉팔은 잠시 생각하다가 대답했다.

"거절 자체는 석동출이 내 방으로 들어오며 자연스럽게 이뤄졌네. 나는 거기에 대고 조금 경고성 멘트만 날렸을 뿐이야."

"어떤?"

구봉팔은 강이찬에게 자신이 어떤 식으로 말했는지를 알

렸다.

"……굳이 그런 식으로 안 해도 되었을 거 같은데요."

"돌이켜 보면 나도 당시엔 오지랖이 넓었다고 반성하고 있네."

구봉팔은 순수한(?) 의미에서 아직 젊은 처자가 마약에 빠져들기 전 그녀가 이런 일에서 손 떼길 바라는 심정으로 겁박한 것이었지만.

"듣으니 형님은 마약 판매가 어떤 식으로 이루어지는지는 잘 모르셨던 거 같습니다."

강이찬이 한 말 그대로였다.

굳이 변명하자면 조광이 마약류를 취급하지 않다 보니 구봉팔도 그 영업 방식에 대해 무지했던 것이다.

"여자가 한 일은 광남파가 그간 해 온 영업 방식 중 하나였을 겁니다. 마약과 섹스는 분리하기 어려우니 말입니다."

"음, 아마 그 여자도 내가 '서울에서 온 손님'이라 생각해 방심했다가 석동출과 만나는 걸 보곤 아차 싶었겠지."

"예. 조폭에게는 판매하지 않는다는 식의 제한은 걸어 두었던 모양입니다만, 조폭과 술자리를 함께 한 형님께 마약을 권할 정도라면 어지간히 물량이 밀렸거나, 멍청했거나, 둘 다거나 했겠죠."

광남파가 연루되어서 그런지 강이찬은 평소와 달리 말에 거침이 없었다.

"어쨌건 그 뒤처리를 애송이들에게 맡긴 걸 보면, 그 애송이들이 그 여자가 아는 최대의 인력이었을 겁니다."

"음, 점조직의 단점이자 장점이지."

점조직 형태로 마약을 유통하는 그들의 특성상, 만약 그들이 처음부터 박진호(구봉팔)의 정체가 구봉팔이라는 걸 알고 있었다 한들 단순히 물건을 떼와 팔아넘길 뿐인 지방의 말단들은 구봉팔과 조광의 이름을 들어 봐야 와닿는 것도 없었을 것이다.

'실제로도 그랬고.'

여자는 구봉팔이 서울, 나아가 조광에서 온 꽤 대단한 사람이라는 걸 룸살롱에서 들었음에도 일을 감행했을 정도니까.

다른 한편으론 그런 점조직 방식으로 운영하는 광남파이니 마약 판매책을 하나씩 붙잡아 가며 광남파에 접근하는 일은 사실상 불가능했고, 국내에 유통되는 마약을 근절하려면 안기부가 계획하고 있는 것처럼 그 근원에 접근해 뿌리부터 뽑아야 했다.

"안기부에서는 어느 정도까지 접근했나?"

"제가 알기로는 이미 다 짜인 판에 가깝습니다."

강이찬이 대답했다.

"남은 건 부산 조폭들을 대표하는 이름 아래로 연합해 광남파의 본부를 치는 일만 남았고, 오늘……. 아니, 이젠 어제군요. 어제 형님이 가신 모임도 사실상 그 확인 도장을 찍기 위함이니 말입니다."

강이찬의 말을 들으며 구봉팔은 이 일이 안기부의 도움 없이 조폭들끼리만 해결하려 했다면 꽤나 골치가 아팠을 거라고 생각했다.

'혹시 광남파에도 안기부 요원이 위장 근무 중인 건 아닐까 몰라……'

그것도 강이찬조차 알지 못하는 방식으로.

하지만 이런 식으로 의심하고 궁리하면 끝이 없을 테니, 구봉팔은 이쯤해서 생각을 거둬들였다.

"어쨌건 덕분에 일이 잘 풀리겠군."

"무슨 말씀입니까?"

"뭐, 자네도 알겠지만 사실 내 쪽에서 광남파에 개입할 명분이라고 해 봐야 내 습격을 사주한 광금후가 광남파와 닿아 있다는 정도의 느슨한 연결 고리뿐이었지 않나. 그런데 이번엔 직접 칼침을 맞았으니 이젠 이 일에 개입할 뚜렷한 명분이 생긴 셈이지."

구봉팔의 말에 강이찬이 뒤로 한 걸음 물러섰다.

"혹시 조광에선 이 일로 생길 광남파 청산 후의 지분을 요구하실 생각이십니까?"

다들 입에 담지는 않고 있지만, 이번 부산 조폭 연합이 결성될 수 있었던 이유는 광남파라는 외부 세력을 몰아내고 그들의 만행을 규탄하기 위함이 아닌, 이 일의 결과로 떨어질

'콩고물'을 바라고 하는 일이었다.

그렇기에 이제 '전설'로만 남은, 이제는 별 볼 일 없어진 마순태의 이름이 필요한 것이었고, 그들은 이제 그 허수아비를 대표로 세워 하나로 뭉치려 하는 것이었다.

그런데 여기에 사태를 방관하고자 했던 조광이 개입한다면, 이 절묘한 무게추가 기울게 된다.

그리고 이 일로 조광은 조성광도 실패했던 부산 진출의 교두보를 마련할 수 있게 되리라.

"아니, 그런 게 아니야."

구봉팔은 강이찬이 염려하는 것이 무엇인지 알고 있다는 양 웃었다.

웃었더니 칼에 맞은 옆구리가 조금 쑤셨다.

"만약 어젯밤 일이 없었더라면 자네나 나는 부산 조폭이 하는 일을 강 건너 불구경하듯 바라보기만 했을 거 아닌가?"

"그렇긴 합니다만……."

"하지만 일이 이렇게 됐으니 나도 내가 받은 칼침만큼 간섭할 자격은 생겼지. 뭐, 나야 '거동이 힘들 정도로' 부상을 당했으니 어찌할 수 없지만 친한 동생이 형님의 원수를 갚고자 한 손 거드는 일에는 그들도 거절하지 못할 걸세."

그제야 강이찬은 구봉팔이 처음에 했던 약속을―광남파를 치는 데 도움을 주는 일―이행하려 이 말을 꺼낸 것임을 깨달았다.

'복수는 남이 대신 해 주는 게 아니니까.'

강이찬은 구봉팔의 배려가 고마웠지만 그런 말을 입에 담기엔 어딘지 쑥스럽고 민망하여 본심에도 없는 말을 입에 담았다.

"······빚으로 달아 두십시오."

"그건 이미 자네 상사에게 달아 두었네."

"예?"

의아해하는 강이찬을 보며 구봉팔이 픽 웃었다.

"이성진 말이야. 그건 녀석이 지금껏 나한테 해 준 일이면 충분해."

"······."

강이찬은 구봉팔이 말한 '이성진에게 진 빚'이 무엇인지 가늠하지 못했다.

그건, 이름 없는 조폭으로 살다가 사라졌을 자신의 운명을 건져 올려 조광의 실세 중 하나로 만들어 준 것에 대한 것일까.

아니면 박상대의 몰락과 관련된 일련의 일일까.

'강이찬이 뭘 생각하는지는 알 것도 같지만, 그건 내 알 바 아니지.'

다들 잘 모르는—심지어 구봉팔 본인조차 명확히 이거다 하고 설명하기 어려운—일이지만 구봉팔이 생각하는 '이성진에게 진 빚'이란 이성진이 박상대의 일에 자신을 개입하도록 해 준 것과 그 뒤 박상대의 사생아인 박강선을 보호하고 거둬 준 일이었다.

언젠가 박상대를 '제거'하려는 조설훈에게 반박까지 해가며 그를 지켜 주려 했던 만큼, 구봉팔은 남들이 생각하는 것과 달리 박상대를 원망하거나 싫어하진 않았다.

박상대가 정순애를 만나 사생아를 보았던 것도 그 내면에 백설희가 남아 있었기 때문이었고, 정순애에게 정을 주었던 것도 그녀가 백설희를 닮았기 때문이란 것을 알게 되자 구봉팔은 도저히 그를 싫어할 수 없었던 것이다.

아마 이성진을 통해 그 일에 개입하지 않았더라면 구봉팔은 평생 동안, 동반자살까지 생각했던 백설희를 배신하고 만 박상대를 오해한 채, 내면에 오갈 곳 없는 분노를 쌓아 두고 종국엔 자신을 파멸로 이끌었을지 모른다.

'어쩌면 내가 직접 박상대를 찾아가 그를…… 해쳤을지 모르고.'

그 이후 구봉팔은—박상대 본인이 어떻게 생각하고 있건 간에—그에게 어떤 우정, 같은 여자를 평생 동안 사랑했다고 하는 스스로 생각해도 이상한 동지 의식마저 느꼈다.

이성진도 의도한 바는 아니겠지만 결과적으로, 또 박상대 본인은 예상치 못한 허무한 죽음을 맞이하고 말았지만, 구봉팔에겐 그 과정 자체가 짐승처럼 살아온 자신에게 내려온 어떤 구원처럼 여겨졌다.

구봉팔은 스스로 생각하기에도 입 밖으로 내고 나면 구차

해지고 마는 그런 일을 설명하는 대신 담담히 말을 이었다.

"어쨌건 자네는 내게 딱히 감사할 필요도 그럴 이유도 없네. 굳이 하려면 우리 꼬마 사장한테 해."

"……그렇습니까."

구봉팔이 그렇다고 하니 강이찬도 더 이상은 묻지 않았다.

구봉팔은 묘하게 어색해진 분위기를 환기할 겸 어조를 고쳐 입을 뗐다.

"그럼 그렇게 됐으니, 서동호를 불러 주게. 불편한 사이라는 건 알겠지만 조금 참아 주지 않겠나?"

"이 상황에서도 그에게 시비를 걸 만큼 어리석지는 않습니다."

그렇다는 건 어제 오전에 자신이 한 일이 어리석은 일이란 자각 정도는 있는 모양이군.

구봉팔은 그렇게 생각했지만 생각한 내용을 내색하지 않으며 병실 침대에 등을 붙였다.

놀러 온 손님이 자기 집에서 미끄러져 머리가 깨져도 주인은 송구스럽기 마련인데, 서울에서 온 손님이 제 나와바리에서 양아치의 칼침을 맞은 것이야 오죽하겠는가.

게다가 서동호는 그 시간 호텔 방에서 세상모르고 쿨쿨 자고 있었으니 입이 열 개라도 할 말이 없는 상황이었다.

"진호 행님, 정말 죄송하게 됐습니다!"

그래서 이른 아침부터 병실을 찾은 서동호는 다짜고짜 넙죽 허리부터 굽혔고, 그 곁의 최봉식이 서동호의 말을 이어받았다.

"참말로 면목이 서질 않네. 이번 일은 내 선에서 책임질 테니 진호 자네도 용서해 주지 않겠나."

거참, 처음부터 최봉식을 대동했다니 약았다.

'다른 한편으로는 부산 조폭이 다른 지역보다 더 명분을 중시한다는 의미이기도 하겠지만.'

구봉팔은 되레 송구스러운 얼굴로 최봉식에게 말했다.

"어이구, 무슨 말씀이십니까. 이번 일은 정말 사고였을 뿐입니다."

"하모, 용서해 줄랑가?"

"그런 말씀 마십시오. 동호 자네도 그만하게."

그제야 서동호가 굽혔던 허리를 폈다.

"알겠심다, 행님. 감사드립니더."

구봉팔은 일부러 보란 듯 인상을 찌푸리며 세웠던 상반신을 침대에 기댔다.

"끙, 최 사장님 앞에서 결례란 건 압니다만, 잠시 눕겠습니다."

"하모, 하모. 우리 같은 사람들한테는 몸이 재산 아이요.

그란데, 상처는 쫌 어떻소?"

"의사 말로는 안정이 필수라더군요."

사실 급소도 비껴간 데다 찔린 곳도 깊지 않아서 크게 염려할 건 아니지만 구봉팔은 일부러 엄살을 부렸다.

"다행히도 목숨은 건졌습니다만."

서동호가 씩씩거리며 말을 받았다.

"행님, 그 대신이라꼬는 몬하겠지만, 내 애들을 죄다 풀어서라도 행님한테 칼빵 놓은 새끼들은 찾아가 조져 뿌겠습니더."

"……아니. 너무 시끌벅적하게 움직일 필요는 없어."

구봉팔이 어조를 고쳐 말을 이었다.

"범인에 대해선 짐작 가는 바가 있거든."

서울에서 온 박진호(구봉팔)가 범인이 누군지 짐작하고 있다는 말에 서동호는 눈을 가늘게 떴다.

"……그라예? 언 놈입니까?"

"그러면 일단 호텔에서 있었던 이야기부터 해야겠는데……."

구봉팔이 최봉식을 힐끗 쳐다보니 그는 계속해 보라는 듯 고개를 끄덕였고, 구봉팔은 어젯밤에 있었던 일을 각색해서 전했다.

'석동출과 따로 만났단 이야기는 전할 필요가 없으니까.'

그래서 그들은 동행한 아가씨가 마약을 권했고, 구봉팔이 그 아가씨를 겁박해 쫓아낸 이야기만을 전해 들었다.

"마약이라꼬예."

서동호가 험상궂은 얼굴로 끼어들었다.

"그년이?"

"음. 아마도 내가 서울에서 마약을 찾아 부산까지 온 거라고 생각한 모양이야. 아무튼 그렇게 됐으니 나는 맥주나 한 잔 더 할까 싶어서 호텔을 나섰다가 놈들이랑 마주쳤지."

그리고 구봉팔은 두 사람에게 어젯밤 골목에서 애송이 세 놈을 해치운(?) 무용담을 들려주었다.

"그 와중에 칼 든 놈 셋을 상대로 그 정도로 해 뿟다카니 행님도 참 대단하시네예."

"뭘, 나도 몸이 옛날 같지는 않은 거 같군."

"그라믄 코뼈 뿌라진 아새끼 두 놈이랑 그 술집 년만 찾아가 조지뿌믄 되겠네예."

"음, 다만 그 일에 신중하게 움직일 필요가 있단 걸세."

구봉팔의 말에 잠자코 있던 최봉식이 입을 열었다.

"하모 진호 씨는 가들이 광남파 아들이라 보는 기가."

"예. 그렇다고 광남파의 정식 조직원은 아닌 거 같습니다."

구봉팔은 자신 곁에서 망부석처럼 서 있는 강이찬을 보았다.

"이 친구 말로는 화류계 여성을 통해 마약을 판매하는 것이 마약밀매 조직의 전형적인 수법이라더군요."

그런 뒤 인상을 찌푸리며 잠시 멈칫한 구봉팔이 말을 이었다.

"꿍, 자세한 건 이 친구에게 들으시면 될 것 같습니다."

"아이고마, 환자 앞에서 쓸데없이 말이 길었네."

"아닙니다. 최 사장님께서 여기 와 주신 것만으로도 과분합니다."

그렇게 대화를 끌어갈 명분과 주도권은 치명상을 입고 고통에 겨워 할 말을 못 하는 박진호(구봉팔)를 대신해 김민수(강이찬)로 자연스럽게 넘어갔다.

"저희 형님께선 안정이 필요하다고 하니, 어디 잠시 나가서 이야기를 이어 갔으면 합니다."

"그래, 그라입시다. 그라믄 진호 씨, 푹 쉬시오. 뭐 필요한 거 있으믄 말만 하시고."

최봉식과 서동호, 강이찬 세 사람은 구봉팔을 병실에 남겨둔 채 밖으로 나갔다.

어쩔 수 없는 일이라곤 하지만 이 '말도 통하지 않고 뻗대기만 해 대는 벽창호'가 구봉팔(박진호)을 대신한다고 하니, 서동호는 병실을 나서자마자 괜한 심통을 섞어 입을 뗐다.

"근데 어제 술자리에도 안 온 사람이 뭘 알겠노. 민수 씨, 동철 씨하고 김 교수한테는 연락했능교?"

서동호의 말은 마동철(석동출) 그 인간도 이 짐(?)을 나눠 짊어져야 하지 않겠느냐는 의미였지만, 그건 하나만 알고 둘은 모르는 소리였다.

만약 마순태 회장 쪽에 이런 일이 있었다는 걸 알리게 되면 그 이름뿐인 구심점마저 흔들릴 여지가 있는 데다가 봉식이파의 명성에 먹칠을 하는 일이었던 것이다.

"아뇨, 아직."

"왜 안 했노?"

그래서 내심 '이쪽에 먼저 연락을 취해 준' 구봉팔의 처세가 고마웠던 최봉식은 인상을 찌푸렸다.

'문디 자슥, 이런 멍청한 새끼한테 맡기가 조직이 우찌 되겠노.'

어제 오후 서동호는 그에게 김민수(강이찬)는 박진호(구봉팔)의 부하가 아닌, 그저 친하게 지내는 동생 같은 존재에 불과하단 식의 말을 전했지만, 그야말로 뭣 모르고 하는 무식한 말이었다.

'구봉팔'이 제 부하도 아닌 청년을 데리고서 서울에서 부산까지 먼 길을 함께한 데다 심지어 이번에는 자신이 당한 피습에 대리인으로 앞세우기까지 했다.

그 말인 즉, 김민수(강이찬)는 그저 그런 놈이 아닌 구봉팔이 속한 파벌의 상층부, 즉 조세화 직속의 인물이라 해석할 수 있는 것인데.

'으잉, 천지삐까리도 모르고 시비를 걸어서야.'

결국 앞장 서 걷던 최봉식이 끼어들었다.

"동호야."

"예, 행님."

"니는 퍼뜩 나가가 차에 시동 걸라캐라."

서동호는 최봉식의 말에 꾸벅 고개를 숙였다.

"……예, 행님."

서동호는 빠른 걸음으로 먼저 로비를 걸었다.

최봉식은 잠시 멀어지는 서동호의 뒷모습을 보다가 강이찬에게 빙긋 웃으며 말을 건넸다.

"둘이 쫌 안 맞는가 보네."

"아닙니다."

"아이기는. 점마가 학교도 제대로 안 나오고 쌈박질만 하던 놈이라 배운 게 없어가 그러니 민수 씨가 이해 좀 해 주소."

"……."

뭐, 그렇다고는 하나 마찬가지로 같은 깡패일 하는 처지에 홀로 어디 하늘 위에서 구름 똥 싸는 것처럼 고고한 척하는 김민수(강이찬)의 모습이 최봉식의 마음에 차는 건 아니었으니, 그 역시 서동호의 저런 태도를 전혀 이해하지 못할 바는 아니었지만.

"암튼 간에."

최봉식이 크흠, 하고 헛기침을 한 뒤 말을 이었다.

"이번 일이 민수 씨가 보기엔 어떤 거 같소?"

"……."

한동안 대답이 없기에 최봉식은 그가 자신을 무시하는 건가, 하고 생각했지만.

"광남파가 부산에 꽤 깊이 들어온 거 같습니다."

그도 말을 신중하게 하려는 것뿐이지, 그럴 의도는 없었다는 걸 알게 되었다.

"하모, 그래가 우리도 이리저리 자리 함 만들어 볼라카는 거 아니겠소."

"예. 그러니 광남파를 부산에서 막아 주지 않으면 이런 일이 전국적으로 번질지 모른단 생각을 하고 있습니다."

최봉식이 고개를 끄덕였다.

'조광 본사에서도 이 사태를 허술히 보지는 않는가 보네.'

안 그래도 여당 지지율이 어떻단 이야기가 나오는 마당이니, 이러다가는 자칫하다 '제2의 범죄와의 전쟁'이 벌어지지 않으리란 보장도 없는 것이다.

그건 조광으로서도 바람직하지 않은 일일 뿐만 아니라 부산 조폭들에게도 발등에 떨어진 불이었다.

"하면, 혹시 민수 씨랑 진호 씨는 윗선에 이 일을 보고드렸는가?"

"아뇨. 저희도 이 일이 외부에 알려져 크게 번지는 건 원치 않습니다."

하긴, 그럴 것이다.

서울에 있어야 할 구봉팔이 부산에 내려와 있다가 칼침을 맞았다고 한다면, 이 소식을 들은 광금후는 몸을 사릴 테니까.

"캐도 이번 일에는 내 두 팔 걷어붙이고 도울 테니 민수 씨도 도움이 필요하면 말만 하이소."

"협조에 감사드립니다."

강이찬이 잠시 뜸을 들였다가 말을 이었다.

"그러면 광남파를 칠 일이 있을 때, 진호 형님 대신 저도 한 자리 낄 수 있도록 해 주십시오."

그 말에 최봉식은 고개를 돌려 가며 강이찬을 보았다.

"흠?"

"놈들에게 저희도 호구가 아니라는 것쯤은 보여 줘야 하지 않겠습니까."

강이찬은 태연하게 거짓말을 했다.

"사심을 곁들이자면 진호 형님이 당했는데 저라고 마냥 손 놓고 있을 수만은 없기도 하고 말입니다."

"……그러시구려."

최봉식은 강이찬이 마음속에는 불같은 성정을 억누르고 있다는 걸 꿰뚫어 보았다.

'이거, 생각보다 괜찮은 놈이었네.'

그리고 그 '괜찮다'는 건 최봉식 본인에게도 이득이 될 여지가 있는 일이기도 했다.

조광이 이번 일에 방관자가 아닌, 비공식적으로나마 '개입' 하길 원한다면, 이쪽 입장에선 약간의 지분을 떼어 주는 것으로 더 큰 이익을 도모할 여지도 있는 것이니까.

'두 번 다시 이런 일이 불거지지 않도록 관리를 한다, 그런 명분이면 되겠제.'

─네, 알고 있습니다만.

석동출은 수화기 너머로 들려오는 김철수의 뻔뻔한 대답에 어처구니가 없어 잠시 할 말을 잊었다.

그 틈으로 김철수의 목소리가 이어졌다.

─말씀하시는 걸 들으니 구봉팔이랑은 벌써 만나 보신 모양이군요.

"아니, 잠깐. 다 알면서 왜 저에겐 아무 말도 하지 않았습니까?"

그제야 따져 물은 석동출의 말에 김철수는 태연히 대꾸했다.

─왜요, 설마하니 구봉팔이 그 자리에서 석동출 씨를 향해 '저 인간, 실은 경찰이오!' 하고 말하기라도 할 것 같았습니까?

"……."

석동출은 김철수가 눈앞에 있었다면 얼굴에 주먹이라도 한 방 먹여 주고 싶은 기분이었다.

불난 집에 부채질을 하려는 건지, 김철수는 그런 석동출의 심정을 이해한다는 듯 사근사근한 말씨로 말을 이었다.

─저라고 모든 걸 다 아는 건 아닙니다. 그 자리에 구봉팔이 나갈 줄

알았다면 당연히 알려 드렸겠죠.

과연 그럴까, 하는 의심이 들었지만 석동출로서는 그걸 확인할 방법이 없었다.

－그런데 어제 댁에는 잘 들어가셨습니까?

석동출은 뜬금없이 뒤이은 김철수의 안부 인사에 의아해하며 대답했다.

"예, 뭐……."

석동출은 안기부에서 마련해 준 살풍경한 임시 거처를 둘러보며 대답을 이어 갔다.

"그 뒤에 곧장 집으로 왔습니다."

－아하…… 그러면 그 소문은 아직 못 들으신 모양이군요.

"예?"

－아무것도 아닙니다. 석동출 씨는 모르셔도 될 일이고요.

그러면 말을 하지 말든가.

김철수가 말을 이었다.

－아무튼 자세한 이야기는 부산에서 마저 나누도록 하죠.

"……부산에서?"

－예, 지금 부산행 버스를 기다리는 중이거든요.

김철수가 부산에 온다고 하니 석동출은 못내 내키지 않았지만, 한편으론 지금처럼 복잡한 상황에선 그 도움이 절실한 것도 사실이다.

"알겠습니다. 그럼 그때 뵙죠."

─예. 아, 그리고 역까지 마중 오실 필요는 없습니다.

애초에 마중 나갈 생각도 없었던 석동출은 건성으로 대답했다.

"그렇습니까."

─예. 석동출 씨를 뵙기 전에 먼저 만나 볼 사람이 있거든요.

만약 이 대화를 전화가 아닌 대면해서 나누는 중이었다면 석동출은 김철수의 의뭉스런 미소를 보며 기분이 나빠졌겠지만, 불행인지 다행인지 그런 일은 없었다.

2장

　강이찬은 그날 온종일 최봉식과 함께 부산 조폭들을 만나고 다녔다.

　조폭에게 생리적 혐오감을 느끼는 강이찬으로서는 그들과 대화를 나누는 것 자체에 꽤나 곤욕을 치렀지만, 강이찬은 조광의 대리인으로 얼굴 마담 역할만을 한 데다 회담 진행은 최봉식이 주로 진행했기에 문제 될 것은 없었다.

　오히려 최봉식은 강이찬이 마치 묵언 수행이라도 하는 양 첫 인사만 제외하곤 줄곧 입을 굳게 다물고 있는 것에 조광이 이번 일의 전권을 자신 측에 일임하는 것으로 착각하곤— 사실 딱히 틀린 생각도 아니었다— 꽤 기꺼워했다.

　'동호 금마 말로는 꽤 까탈스럽다카드만 그렇지만도 않네.'

그 과정에 강이찬은 마동철이란 위장 신분으로 활동 중인 석동출도 만났다.

"처음 뵙겠습니다. 김민수라고 합니다."

서로가 초면이었지만 강이찬은 석동출이 누군지 알고 있었다.

"아…… 예. 마동철입니다."

심지어 그가 위장 신분으로 앞세우고 있는 마동철에 대해서도.

반면 강이찬의 정체를 모르는 석동출은 이 자리에 구봉팔이 부재중인 것을 신경 쓰는 눈치였다.

"박진호 씨는 어디 가셨습니까?"

"진호 형님은 따로 볼 일이 있으십니다."

도둑이 제 발 저리다고, 석동출은 강이찬(김민수)이 자신의 과거를 구봉팔에게 들은 건 아닌지 못내 신경 쓰는 눈치였지만, 강이찬은 꼭 필요한 말만 입에 담을 뿐 줄곧 침묵을 유지했다.

'……하긴, 구봉팔 입장에서는 이 상황을 신중하게 접근할 생각일 테니.'

구봉팔 입장에서는 석동출의 정체를 까발려 봐야 이득 될 일이 없을 뿐만 아니라, 자칫 잘 짜인 판을 망칠 우려마저 있으니.

지금 상황에서 석동출은 구봉팔이 그런 여파를 감안해 행동해 줄 것을 기대하는 수밖에 없었다.

한편 최봉식 또한 구봉팔의 부재를 언급하는 석동출에게 강이찬의 편을 들어 주었다.

"진호 씨가 쫌 바쁜 사람입니까. 그라도 이 부분은 여기 계신 민수 씨가 잘해 주고 계시니 오늘 일은 마 염려하지 않으셔도 될 깁니더."

최봉식까지 그렇다고 하니, 실제론 허수아비에 불과한 석동출로서는 고개를 끄덕일 수밖에.

그렇게 각자의 동상이몽 속에서 강이찬과 최봉식, 석동출 세 사람의 순회 회담 자체는 꽤 순조롭게 진행되었다.

그러잖아도 부산 조폭들은 광남파의 행태에 대해 벼를 대로 벼려 왔고, 계기만 생기면 즉시 무력을 동원해 일소해 버릴 생각을 하고 있었다.

거기에 더해 다들 입 밖으로 내지는 않았지만, 광남파를 치는 일 뒤에 떨어질 콩고물에 대해서도 내심 기대하는 눈치였다.

현 시점에 광남파가 독점하다시피 하고 있는 마약 사업은 그들에게 전에 없던 이득을 가져올 것이 분명했고, 그걸 '관리'하는 과정에 물건 몇 개가 새어 나가는 것쯤은 어쩔 수 없는 일일 것이다.

다만 그 '관리'에 숟가락이라도 얹으려면 자신이 속한 조직이 광남파 소탕에 일익을 차지해야 명분이 생기는 법이니, 이런 면에선 구세대 조폭이나 신세대 조폭 모두가 뜻을 함께

했다.

'오히려 밥상에 사람이 너무 많이 모여들까 그게 걱정이지.'

강이찬은 속이 뻔히 보이는 그들의 수작에 냉소했다.

부산 조폭들이 뭘 하려건 간에 이 일은 안기부가 기획한 손바닥 안이었고, 안기부 측에서는 오히려 '관리'라는 명분하에 부산 조폭들을 묶어 두려 할 것이다.

강이찬도 따지자면 말단에 불과했지만 안기부란 조직이 어떤 잠재력을 갖고 있는가 하는 것쯤은 잘 알고 있었다.

'문제는……..'

강이찬은 힐끗 석동출을 살폈다.

'안기부에서 저 사람을 어떻게 끌어들였나 하는 것인데.'

강이찬도 마음 같아선 석동출을 붙들고 당신이 지금 왜 여기 있는 것인지, 안기부 측과 무언가 거래를 하지는 않았는지, 그리고 안기부가 제시한 조건이 뭐건 그들을 신뢰해서는 안 된다는 이야기를 하고 싶었지만.

'정작 석동출 형사 본인부터가 진실함과 거리가 먼 인물이니.'

석동출은 분명 조설훈이 사망한 사건에서 위증을 했다.

하지만 그로 인해 석동출 본인이 이득을 본 일은 없었다.

굳이 찾자면 총격전까지 벌어진 상황에 형사로서 침착한 대응을 했다는 명예를 얻었다는 걸 언급할 수도 있겠지만, 정작 석동출 본인이 이 자리에서 깡패인 척하고 있는 것부터 그는 출세지향적인 성격과 거리가 멀어 보였다.

그리고 그 사건으로 석동출의 직속 상사이자 버디인 배성준은 경찰 측의 이런저런 이해관계와 맞물려 부패 경찰로 남기는커녕 순직한 것으로 처리되어 남겨진 가족이 연금을 받을 수 있게 되었다.

'그는 개인 영달을 위해서 위증한 것이 아니야. 그렇다고 공리주의적인 정의를 추구한 것도 아니지.'

그러니 석동출이란 인물의 행동 양태에는 뒤틀리고 이기적인 선이─본질적이고 총체적인 정의보다는 석동출 개인이 자의적으로 해석한 정의─자리 잡고 있으리라.

아마 석동출은 조설훈은 '죽어 마땅한 인간'이라는 자의적 해석으로 자신의 위증을 정당화했을 것이며, 그 과정에 부패 경찰인 배성준을 추켜올리는 모순된 정의를 따랐다.

'……그랬던 그가 지금은 안기부의 사주를 받아 행동하는 김 교수와 함께하고 있다……. 내가 모르는 곳에서 경찰과 협력 중인 것인가, 아니면 경찰과 무관하게 안기부에 협력 중인 것일까.'

그렇다고 해서 강이찬이 그런 석동출의 행동을 비난하려는 것은 아니었다.

강이찬 또한 '모든 생명에는 가치가 있다'는 식의 말을 뇌까릴 생각은 없었고, 강이찬은 조설훈의 죽음에 대한 사적인 감흥 또한 없었다.

강이찬이 석동출에 대해 주목하고 있는 것은 어디까지나 이성진이 조설훈의 죽음과 연루되어 그 일에서 자유롭지 않기 때문에 다름 아니었다.

'석동출과는 따로 자리를 만들어 이야기를 해 봐야 하나.'

그런 점에서 강이찬은 구봉팔과 입장이 달랐다.

구봉팔은 어느 쪽이냐 하면, 조설훈의 죽음에 얽힌 수수께끼를 풀고 조설훈을 살해한 진범에게 대가를 치르게 하고 싶어 하는 쪽이었다.

어쨌건 구봉팔은 자신을 거둬 준 조성광 회장을 존경하는 눈치였고, 그런 조성광 회장에 대한 의리는 자연히 그 두 자식들과 손녀에게 이어졌다.

반면 강이찬은 석동출이 한 일로 인해 이성진에게 피해가 가지 않으면 그만이란 생각으로, 자신의 그 오지랖으로 인해 조세화와 깊이 연루되고 만 이성진이 이 복수극에 깊이 얽혀 들지 않길 바랐다.

그러기 위해서라도 강이찬은 그날의 진실을 알아 둘 필요가 있었다.

그리고 그 기회는 의외로 빨리 찾아왔다.

이름만 빌려주는 허수아비답게 별로 한 일은 없었지만, 부산의 내로라하는 조폭들을 연거푸 만나고 다니는 일은 꽤 정신력을 소모하는 일이었다.

그것도 본인이 실은 전직 경찰이라는 사실이 알려지면 여기서 쥐도 새도 모르게 사라질지 모른다는 불안감을 안고 있는 석동출 입장에서는 더더욱.

그런 석동출의 정신적 피로를 꿰뚫어 본 최봉식이 허허 웃으며 말을 건넸다.

"동철 씨, 꽤나 피곤한 모양이오."

"예? 아…… 아닙니다."

"아니기는. 뭐, 들으니까 어제 술도 많이 자셨다고 했으니 그럴 법도 합니다, 허허."

최봉식은 이어서 강이찬을 보았다.

"민수 씨도 그렇지 않소?"

에둘러 말하고는 있지만, 사실상 '오늘 네가 할 일은 끝났다.'는 말이기도 했다.

이후 최봉식은 오늘 만난 구세대 깡패들 몇몇과 저녁을 들면서 '비공식적인 자리에서 나오는 회담'을 이어 갈 예정이었고, 이런 자리에 허수아비인 마동철(석동출)이나 서울에서 온 외지인인 강이찬이 끼어들 일은 없었다.

"저도 볼일이 있으니 일찍 가 보겠습니다."

"예. 오늘 하루 진호 씨를 대신해서 욕 보았시다."

그뒤 최봉식은 운전기사를 시켜 강이찬의 차가 주차되어

있다는 곳 앞에 차를 멈추도록 했다.

"하모 이만 가 보시오."

"또 뵙겠습니다."

최봉식이 떠나간 뒤, 강이찬이 석동출을 보았다.

"어디까지 가십니까? 바래다드리겠습니다."

"아, 그게……."

강이찬이 조금 껄끄럽던 석동출이 적당한 핑계를 대며 거절하려는 그때 마침 그의 핸드폰이 울렸다.

"잠시 실례하겠습니다."

"예."

그는 강이찬에게 양해를 구한 뒤 목소리가 들리지 않을 구석까지 가서 전화를 받았다.

"여보세요."

―아, 동철 씨. 접니다. 혹시 통화 가능한…… 아니지, 괜한 질문이겠군요. 신호를 꽤 오래 기다렸으니 말입니다.

김철수였다.

'그러고 보니 오늘 부산에 온다고 했지.'

석동출은 떨떠름한 얼굴로 대답했다.

"예, 마침 용건이 끝나서."

―잘됐군요. 그럼 혹시 근처에 서울에서 온 손님…… 누구 있지 않습니까?

어떻게 지금 상황을 알고 있는 거지?

석동출은 혹시 감시 중인가 싶어 빌딩 주위를 두리번거리며 대답했다.

"아, 예. 김민수 씨라고……."

—김민수…… 흠, 지금은 그런 이름을 쓰고 있는 모양이군요.

 그건 또 무슨 소린지.

 석동출이 묻기도 전에 김철수가 말을 이었다.

—그러면 '민수 씨'에게 김철수가 한번 보자고 전해 주시겠습니까?

"아는 사이였습니까?"

—전화로 길게 말하기엔 핸드폰 배터리가 거의 다 되어서…… 일단 제 부탁부터 들어주시면 좋겠는데요.

"……예."

—뭐, 그렇게 됐으니 이만 끊겠습니다.

 통화를 마친 석동출은 긴가민가해하면서 강이찬에게 돌아가 말을 건넸다.

"저, 민수 씨."

"예."

"김철수 씨가 한번 보자는데…… 혹시 아는 사이십니까?"

 석동출은 강이찬의 표정이 딱딱하게 굳는 걸 보았다.

"……."

 그리고 강이찬은 석동출의 말에 대답하는 대신 리모컨을 눌러 차 문을 열었다.

"타시죠."

"……어디로 갑니까?"

"가 보시면 압니다."

석동출은 김민수(강이찬)가 조광에 잠입해 있던 안기부 요원인가, 하고 생각하며 조수석에 올랐다.

그에게 궁금한 건 많았지만 강이찬에게는 말을 건넬 분위기가 아니었고, 설령 무얼 묻더라도 대답이 나올 것 같지 않았다.

강이찬이 꽤 오랫동안 차를 몰아 도착한 곳은 영업 중인지 아닌지조차 알 수 없는 어느 허름한 중화 요릿집이었다.

아니, 간판에 불도 들어오질 않고 배달 오토바이도 없는데다 창가에 '임대' 종이쪽지를 붙여 둔 걸 보면 망한 지 꽤 오래된 가게처럼 보였다.

"여깁니다."

강이찬은 짧게 말하곤 중화 요릿집 입구가 아닌 그 옆 골목으로 들어가더니 골목과 맞닿은 쪽문을 열어젖혔다.

강이찬을 따라 안으로 들어가니 좌식 테이블에 앉아 있던 김철수가 그들을 반겼다.

"어서 오세요. 일찍 왔군요."

그리고 김철수는 고개를 꾸벅 숙여 보이는 강이찬을 향해 빙긋 웃으며 말을 이었다.

"어째, 그래서 휴가는 잘 보내고 계십니까?"

"……"

그 말을 들으며 석동출은 김민수(강이찬)가 안기부 요원이었 구나, 하는 생각을 했다.

다만 어딘지 상하관계인 것처럼 보이는 것치고 강이찬은 김철수의 말에 대꾸조차 하질 않았던 데다, 김철수도 강이찬 의 그런 태도를 딱히 문제 삼는 것처럼 보이질 않는 것이 어 딘지 기묘했다.

'안기부는 다 이런 식인가?'

그리고 강이찬이 입을 뗐다.

"제가 여기 있는 건 어떻게 알았습니까?"

"그러게 말입니다. 어떻게 알았을까……. 아참, 아직 뵌 적 은 없지만, 구봉팔 씨는 괜찮으신가요? 어젯밤에 찔리셨다고 들었는데."

그는 심지어 구봉팔이 여기서 습격을 당했다는 것도 알고 있었다.

강이찬이 움찔하자 김철수가 씩 웃었다.

"왜요, 어떻게 알았는지 궁금하십니까?"

"……어떻게 아셨습니까?"

"이건 비밀인데."

김철수가 목소리를 낮춰 말을 이었다.

"실은 저, 초능력자거든요."

"……."

"하하, 농담입니다, 농담. 세상에 그런 게 있을 리 없잖습니까, 하하하."

혼자 떠들고 웃어 댄 김철수가 어조를 고쳤다.

"지금부터 그걸 말씀드릴 예정이니 일단 앉으시죠."

석동출은 이게 어떻게 된 일인지 몰라 긴가민가한 상황에서 김철수 맞은편에 앉았고, 강이찬은 조금 떨어진 곳에 자리를 잡았다.

강이찬은 당장 그에게 듣고 싶은 답변이 두 가지였다.

하나는 그 내용을 알고 있는 사람은 극소수에 불과한데, 자신이 부산에 와 있다는 걸 어떻게 알았느냐는 것.

'설마, 이성진에게 들었나?'

아니 그럴 리 없다.

이성진을 뼛속 깊이 신뢰하고 있는 강이찬은 그가 자신을 배신했을 리가 없다고 생각했다.

둘째는 앞서 그에게 질문을 던졌다가 '초능력자' 운운하는 허튼소리로 넘어가 버린, 구봉팔의 피습 사건이었다.

'심지어 그건 바로 어제 벌어진 일인데.'

그 외에도 '어째서 당신이 석동출과 연락을 주고받는 중인가?' 하는 것도 궁금했지만, 그건 당장 급한 일은 아니라고 생각했다.

김철수는 강이찬이 뭘 궁금해하는지 알고 있다는 듯, 그들이 자리를 잡길 기다렸다가 빙그레 웃는 얼굴로 입을 뗐다.

"그나저나 식사는 하셨습니까?"

강이찬이 딱딱한 말투로 대답했다.

"지금 그게 중요한 건 아니지 않습니까."

"하하, 그것도 그러네요. 그래도 다행입니다. 보시다시피 폐업한 중식당을 저렴하게 임대를 구하긴 했지만 정작 재료가 없어 대접은 못 해 드리거든요."

그러며 김철수는 석동출에게 아무래도 상관없는 이야기를 덧붙였다.

"보다시피 저희 회사가 가난해서요. 아무래도 예전 같질 않습니다."

"아…… 예."

"맞아. 일단 석동출 씨에게 소개부터 해야겠군요. 석동출 씨, 여기 계신 '김민수' 씨는 저희 조직에서 파견 중인 인재입니다."

그와 동행하며 내심 그러지 않을까 싶었던 석동출은 그제야 김철수의 말에 확신을 갖고 고개를 끄덕였다.

"같은 편이었군요."

같은 편이라.

강이찬은 내심 한심한 소릴 다 하는구나 싶었지만 내색하지 않았다.

"예. 그리고 '민수 씨'도 알고 계시겠지만 여기 계신 석동출 씨는 사실 전직 형사로, 저희 회사에 도움을 주고 계신 분입니다."

강이찬은 짧게 고개를 끄덕였다.

"알고 있습니다."

역시, 이미 알고 있었던 건가.

강이찬이 말을 이었다.

"다만 그 석동출 씨가 왜 여기 있는지는 모르겠습니다."

김철수가 빙긋 웃으며 대답했다.

"별로 궁금해하실 것도 없습니다. 여기 계신 석동출 형사님께서는 저희처럼, 어디까지나 '대의'를 위해 이 일을 도와주고 계신 것뿐이니까요."

대의라.

아무 데나 갖다 붙여도 좋은 말은 아니었지만 쓰게 웃는 석동출을 보며 강이찬은 더 이상 아무 말도 하지 않았다.

여기서 김철수가 무슨 말을 하건 이미 그에 대한 신뢰는 밑바닥까지 떨어진 뒤이기 때문에, 강이찬이 던진 질문도 그 답을 바래서라기보단 이 상황에 힐난 섞인 냉소를 던지기 위한 구실에 불과했다.

"자, 그럼."

김철수가 말을 이었다.

"민수 씨, 저에게 묻고 싶은 게 꽤 많을 거 같은데요. 하나씩 물어보시죠."

김철수의 말을 들으며 석동출은 김민수(강이찬)가 여기 와 있는 것이 안기부의 작전과 별개의 일이었나, 하고 생각했다.

'……하긴, 정작 그 지시를 따르고 있는 나도 안기부에서 어떤 그림을 그리고 있는지까지는 알지 못하니.'

한편 강이찬은 이 자리에 석동출을 끌고 온 김철수가 약았다고 생각했다.

당장 석동출이 어느 정도까지 이 일에 개입해있는지 모르는 이상, 석동출 앞에서 물을 수 있는 건 제한적이다.

특히 강이찬 자신이 이성진의 운전기사로 일하고 있다는 것은 남 앞에서 밝혀도 좋은 일은 아니었다.

'어쩔 수 없군.'

강이찬은 하는 수 없이 두 번째 의문점으로 넘어갔다.

"구봉팔이 피습 당했다는 건 어떻게 알았습니까?"

"그 피습이란 건 어젯밤 이야기죠?"

"……."

"농담입니다. 예, 당연히 그쪽 이야기겠죠."

한 차례 실없는 농담을 던진 김철수가 말을 이었다.

"단도직입적으로 말씀드리자면…… 저희는 광남파 내부에도 연락통이 있습니다."

김철수의 말에 강이찬은 그답지 않게 인상을 찌푸렸다.

"회사에서는 이미 광남파에 대한 정보를 확한 상황이었던 겁니까? 분명 저번에 제가 물었을 때는……."

"자, 흥분하지 마시고."

김철수가 덤덤하게 강이찬의 말을 끊었다.

"설령 저희가 그 당시 광남파의 소재에 대해 알았다 치더라도, 그걸 민수 씨에게 알리면 어떻게 되었겠습니까?"

"……."

"불 보듯 뻔하죠. 민수 씨 성격에 혼자서라도 광남파에 쳐들어갈 사람 아닙니까. 그랬다간 광남파는 일소되기는커녕 그들은 토끼 굴에 숨은 토끼처럼 더욱 음지로 파고들어 더 곤란한 상황이 벌어졌을지도 모릅니다."

그 말을 들으며 석동출은 내심 그가 광남파를 공격하려다가 역습당해 죽을지 모른다는 건 언급하지 않은 것에 의아해했다.

그러거나 말거나 강이찬이 이를 바득 갈았다.

"……애당초 광남파의 소재를 알게 되는 즉시 저에게 알려주겠단 것이 처음 계약 아니었습니까."

김철수의 말은 궤변에 불과했다.

그 뒤 강이찬이 어떻게 움직이는가 하는 내용은 김철수가 멋대로 꺼낸 가설 안에서 그것이 확정 요소인 양 굴고 있었으니까.

분노를 억누른 강이찬의 나지막한 말을 김철수는 미소로 받았다.

"그랬죠."

"저는 지금 당신이 제게 거짓말을 한 것을 문제 삼고 있는 겁니다."

"하하, 이거 참. 그래서 지금 일부러 민수 씨에게 지금 상황을 설명해 드릴 자리를 마련하지 않았습니까."

"……."

강이찬은 안기부가 처음부터 자신을 쓰기 좋은 장기짝 취급하고 있었다는 것을 재확인했다.

그렇다고 지금 상황에 김철수와 드잡이질을 할 생각까진 없었던 강이찬은 주먹을 꾹 쥐는 것으로 그를 향한 분노를 억누르기만 했다.

"아무튼."

김철수가 말을 이었다.

"이제 그 쓰디쓴 인내의 달콤한 보상을 받을 때가 온 듯합니다. 들으니 어젯밤 밑에 아이들이 섣불리 구봉팔 씨를 건드렸다가 성공하지도 못하고 낭패를 본 상황이라던데요. 덕분에 상황이 꽤 재밌게 흘러가고 있습니다."

광남파 내부 사정을 전하는 김철수의 말투는 가벼웠지만 내용은 꽤나 심각했다.

김철수가 전한 말에 의하면, 어젯밤 구봉팔을 습격한 것은 광남파 마약 하부 공급책이 자의적으로 저지른 일이었으며, 그 일이 실패로 돌아간 데다 신원을 특정할 수 있는 상황이 오자 그들도 발등에 불이 떨어졌다는 듯했다.

그로 인해 조광은 이번 일에 개입할 명분이 생겼고, 부산 조폭들이 연합을 구성하는 단계에 이르렀다는 것도 이미 그들 귀에 들어갔다고.

"……뭐, 그 결과 광남파에서는 이 일을 원만히 해결했으면 하는 생각으로 협상 테이블을 준비 중인 단계입니다."

김철수의 말에 강이찬이 아무런 말을 하지 않아서 석동출이 슬쩍 끼어들었다.

"협상 테이블이라면, 어떤……."

"그들의 주력 상품에 대한 권리를 나누고자 하는 거죠. 플러스알파로 어젯밤 있었던 사죄를 겸해 구봉팔 씨 본인에게 그 뒤처리를 맡겨 볼 생각도 하고 있고요."

광남파와 협상이라.

배일에 싸여 있던 광남파로서는 끊어 내도 상관없는 꼬리를 그 자리에 끌고 올 심산일 것이다.

"어렵겠군요."

잠자코 있던 강이찬이 입을 뗐다.

"광남파가 조광에 성의를 보이려면 광금후와 커넥션, 그리고 광금후가 구봉팔을 습격한 것에 대한 해명부터 먼저 해야 하지 않습니까."

의외로 사안의 핵심을 잘 짚어 내는 강이찬을 보며 김철수는 내심 그를 이대로 내보내기 아깝단 생각을 했다가, 안기부 입장에서는 그를 줄곧 붙잡아 둘 명분이 부족하단 생각으로 이를 미련 없이 덮어 버렸다.

"실은 그게 꽤 재밌게 흘러가고 있어서요. 세상에, 알아보니 광금후와 광남파에선 서울에서 구봉팔을 습격한 건에 대해 전혀 관여한 바가 없다지 뭡니까?"

김철수의 말에 강이찬이 눈살을 찌푸렸다.

"……그걸 지금 믿으라는 겁니까?"

"뭐, 믿거나 말거나입니다. 솔직히 저희가 알 바도 아니고요. 오히려 이번 사태가 결과상 이런 식으로 흘러가 준 것이 고마울 정도입니다."

김철수가 어깨를 으쓱였다.

"어쨌거나 덕분에 조광이 이번 일에 개입할 명분이 생긴데다가 부산 조폭들도 광남파는 조광의 파벌 중 하나에 불과한 광금후의 뒷배만을 보고 있을 뿐이라는 것을 알게 되었으니까요."

평소부터 신뢰가 가는 인물도 아닌 데다가 김철수에서 나오는 말의 진실 혹은 거짓을 판가름하긴 힘든 일이었지만, 이번만큼은 김철수도 거짓말을 하는 것 같지는 않았다.

그도 그럴 것이 여기서 광금후가 구봉팔 습격과 무관하다는 것을 밝혀 얻을 이득이 무엇이겠는가.

그는 어디까지나 강이찬과 석동출이 그 일로 섣불리 움직여 앞뒤가 맞지 않는 말로 '짜 놓은 판'을 엎어 버리지 않도록 이야기를 전하는 것이 목적일 뿐이다.

'……그렇다는 건, 구봉팔을 습격했던 건 광금후의 사주가 아니었단 것인가?'

그런 강이찬의 시선을 읽어 낸 김철수가 빙그레 웃었다.

"그쪽은 저도 전혀 아는 바가 없습니다. 모르죠, 구봉팔에게 개인적인 원한이 있는 사람이 저질렀을 수도 있고……. 그 왜, 그 사람도 평생 적 하나 만들지 않고 살아온 깨끗한 인간은 아니지 않습니까."

"……."

그게, 고작 그런 식으로 치부할 일인가?

'애당초 우리가 여기 온 것도 그 일이 원인인 것을 감안한다면…….'

정말로 우연인 것인가? 아니면 이번 일 자체가 강이찬 본인도 생각하지 못한 제3자의 간계라든가…….

'아니, 그럴 리가.'

이 복잡한 상황은 말 그대로 미래가 어떻게 흘러갈지 모른다면 세울 수 없는 계획이다.

그렇다면 그거야말로, 앞서 김철수가 시시한 농담으로 운을 뗀 '초능력자'일 것인데.

'……그런 게 세상에 있을 리는 만무하니.'

생각에 잠긴 강이찬의 귓가로 김철수의 말이 이어졌다.

"게다가 광금후 사장 본인도 처음부터 꿍꿍이가 있었으니 광남파란 지방 조직을 키운 것이고요. 현 상황에선 광금후가 조광 전체의 의사에 반하는 일을 저지른 것도 사실이고, 광남파와 그 사이에 커넥션이 있다는 것도 사실 아닙니까. 그리고 어젯밤 일로 광금후와 관련 있는 광남파 측이 구봉팔을 습격한 것도 사실로 굳어졌지요. 이 정도면 구봉팔 씨가 광남파며 광금후를 적대시하는 이유로 충분하다 못해 넘친다고 보는데요."

이번에도 궤변이었지만 딱히 틀린 것도 아니라는 점이 더 신경을 긁어 댔다.

김철수로서는 어쨌건, 이번 상황 역시 그가 평소 하던 대로 목적으로 향하는 길목에서 어떤 기회이자 변수가 주어졌을 때 그걸 붙잡아 임기응변을 발휘하는 일에 불과한 것이다.

더욱이 강이찬 입장에서는 상황이 어떻게 되건 광남파를 일소할 수만 있다면 그뿐이었다.

"……방금 협상 자리를 만들었다고 하셨는데, 그 일은 어떤 식으로 진행하실 겁니까?"

"좋은 질문입니다. 이번 일이 잘 성사되려면 두 분의 역할이 꽤 중요하거든요."

김철수는 주제가 본론으로 넘어간 것을 흡족해하며 대답을 이어 갔다.

"광남파 제압에는 크게 두 팀으로 나눠 움직이도록 하겠습니다. 우선……."

노점상 삥이나 뜯고 몇 푼 안 되는 돈으로 사채나 하는 게 고작일, 어디에나 있을 법한 지방 군소조직에 불과했던 광남파가 몇 년 새 급성장을 한 것을 두고서 혹자는 운이 좋았다고, 또 누군가는 시류를 읽는 눈이 뛰어났다고도 말한다.

우선, 그들이 지금의 위치에 이를 수 있었던 원인은 아이러니하게도 정부에서 벌인 대대적인 캠페인인 범죄와의 전쟁을 들 수 있었다.

이는 대한민국 조폭이 여타 나라들처럼 기업화되는 현상을 방지하는 것에 성공했단 의미에서는 성공을 거두었다고도 볼 수 있겠으나, 결과적으로 범죄와의 전쟁은 완전한 성공을 거두지 못한 국책 사업이었다.

범죄와의 전쟁은 어디까지나 주요 도시의, 그것도 '선을 넘은' 대형 범죄조직을 타깃으로 이루어졌고, 이 섣부른 소탕작전은 그 성긴 그물을 벗어나는 무수한 약소 조직으로 하여금 새로운 기회의 장을 마련하게 했다.

지방 변두리 조직에 불과했던 광남파는 그 성긴 그물에서 벗어난 약소 조직 중 하나였다.

그렇다고 광남파가 어디 동네 양아치들이 모여 서로 형님 동생 하는 정도의 근본 없는 조직에 불과한 정도란 의미는 아니었다.

당시 그들이 조금만 더 세를 불렸더라면 설령 창원 소재의 변두리 조폭이라 할지라도 범죄와의 전쟁 당시 정부로부터 뿌리 뽑힐 표적이 되었을지 모를 정도로 광남파란 조직은 최근 몇 년 새 생긴 조직이 아닌, 예전부터 나름대로 그 지역에서 먹어 주던 조직이었다.

1970년대 말, 이전까지 농촌에 불과하던 창원은 당시 정부 주도하에 한국 최대의 기계 산업단지 조성 및 마산시의 인구 분배를 위한 계획 신도시 발표가 있었다.

이게 큰돈, 나아가 기회가 되리라 내다보았던 동네 청년 협동 조합장 고난삼은 자신과 뜻을 함께하는 동지를 모아 대대적인 개발 붐에 뛰어들었다.

그렇다고 아무런 밑천도 없는 시골 동네 청년 집단에게 목돈이 있을 리 만무했으니 그들이 하는 건 주로 몸으로 때우는 일이었다.

당장 고난삼부터가 마산고를 나와 서울로 공부하러 간 큰형님이나 아버지가 하는 농사일을 물려받을 둘째형과 달리 제 밥숟가락을 알아서 챙겨야 할 팔자였던 것이다.

어차피 이대로 있다가는 도시로 가서 앵벌이라도 해야 할 상황, 비슷한 처지에 놓였던, 동네 천덕꾸러기들은 그렇게 맨손으로 동네를 떠나 두 손에 삽을 쥐었고, 경우에 따라선 원청을 알 수 없는 하청을 받아 농지를 내놓지 않는 땅주인을 '설득'하는 일도 마다하지 않았다.

그 성실함이 눈에 든 것일까, 몇 년이 지나 고난삼은 마침내 그럴듯한 건축사무소를 차릴 수 있었다.

중학교를 간신히 졸업한 머리를 짜내 '볕이 드는 남쪽'이란 의미의 광남(光南) 건축사무소를 세운 그는 힘들게 얻은 외동아들인 고두환을 생각하며 더욱 피땀 흘려 일했지만—그동안의 업보인지는 몰라도—그로부터 얼마 지나지 않아 평소처럼 땅주인을 '설득'하던 도중 그가 휘두른 낫에 가슴팍을 찍혀 유명을 달리하였다.

구심점이던 고난삼이 허무하게 유명을 달리하고 나니, 그간 고난삼과 함께해 온 동료들은 저마다 이런저런 이유를 들어 가며 뿔뿔이 흩어졌다.

아마 상황이 그대로만 흘러갔더라면 고난삼이 이룩한 광남건축사무소는 어느 재개발 단지에서 있었던 비극적인 사건으로 인해 몰락한 기이한 옛날 사례 중 한 가지로 남게 되었겠지만, 마침 공교로운 일이 터졌다.

그 직후 고난삼을 살해한 땅주인 일가족이 연탄 중독 사고로 죄다 유명을 달리하고 말았던 것이다.

그렇게 되니 경찰에 끌려갔던 땅주인은 결국 고난삼이—고난삼에게 하청을 맡긴 회사가—제시한 조건보다 헐값에 땅을 넘겨주었다.

그건 어쩌면 정말로 '사고'였을지도 모르지만 소문이란 흥미를 쫓아간다고 했던가, 그 일을 두고 떠도는 가담항설(街談巷說)은 기이한 방향으로 흘러갔다.

'고두환이가 제 아비의 원수를 갚았다.'

고두환에게는 이 소문의 꼬리표가 따라 붙었다.

소문이 사실이라면, 고두환의 행동은 유교적 관습이 진하게 남은 그 시대 깡촌 기준, 어떤 부류들에겐 꽤 경원시될 만한 행동거지였다.

제 아비를 닮아 덩치는 커다랗지만 과묵하니 입이 무거운 고두환은 소문에 대해 가타부타 말을 하지 않다 보니 그 소문은 더욱 덩치를 불려 갔고, 어느새 고두환 주위엔 하나둘 사람이 모여들어 그들은 텅 빈 광남건축사무소에 자리를 잡기 시작했다.

그리고 이 현상은 당시 개발을 추진하던 어떤 사람들에게도 꽤 구미가 당기는, '이해관계가 일치하는' 일로 보였다.

거기에 고두환이 실제로 고난삼의 원수를 갚았건, 땅주인의 일가족이 연탄 중독 사고로 유명을 달리했건, 소문의 진위 여부 따위는 중요하지 않았다.

소문의 진원지에 사람이 모이고, 땅주인들이 고두환을 중심으로 광남건축사무소에 모인 청년들을 두려워한다는 사실만이 중요했다.

그렇게 사업을 접은 듯하던 광남건축사무소에 하나둘씩 일감이 떨어지기 시작했다.

광남건축사무소에 모인 이들은 받은 일을 어렵지 않게 처리해 냈고, 그런 일로 이름을 떨치다 보니 그들은 어느새 '토지'와 별 관련이 없어 보이는 일까지 해내기 시작했다.

이런 상황이니 주변에서 고두환을 구심점으로 뭉친 광남

건축사무소의 용역꾼들을 일컬어 광남파라는 조직폭력배로 취급하게 된 건 시간문제였다.

광남파가 조광과 느슨한 커넥션을 맺은 것도 이 시기였다.

조광이 조폭으로 남아서는 미래가 없다는 걸 내다본 조성광은 일치감치 이런저런 '합법적인 사업'에 발을 들이밀고 있었는데, 당시 기획 중이던 조광의 지방 진출과 별개로 '사람이 필요한' '돈 되는 일'인 창원 개발을 그가 가만히 두고 볼 이유가 없었다.

그때 조성광이 일을 맡긴 자신의 심복 중 한 사람이 광금후로, 광금후는 조성광의 명을 따라 무수한 자회사 중 한 곳을 굴리며 광남파에 일을 맡기기도 했던 것이다.

하지만 조성광의 지방 진출이 무산되고 자조광 '그룹'의 사업 방향도 자연스레 수도권으로 집중되는 사이 창원 개발 사업 건은 조성광의 관심사에서 멀어졌다.

그도 그럴 것이 창원 개발 사업 건에서 조광이 제대로 된 이득을 보려면 조광이 그 땅에 제대로 터를 잡고 관리에 들어가야 재미를 볼 일인 것인데, 조광이 부산에서 가까운 창원에 자리를 잡아 버리면 부산 조폭들과 맺은 협상 자체가 애매해지기 때문이었다.

그렇다고는 하나, 이미 하고 있는 사업을 철수하자니 그건 그것대로 손해 보는 일인 데다 정부에서 주도하는 이 대규모 사업에 발을 걸친 이들은 조광뿐만이 아니었으니 창원 개발 사업에 대해서만큼은 조성광도 '계륵' 취급을 할 수 밖에.

그렇게 창원에서 관심을 끊어 버린 조성광과 달리 광금후는 이 일을 여전히 '기회'로 생각했다.

어차피 이대로 남들처럼 서울에 붙어 봐야 조설훈이나 조지훈 형제가 조광을 나눠 먹을 것은 뻔했고, 자신이 조광에서 입지를 유지하려면 이 지방 조직을 이용해야겠다는 계산이 선 것이다.

조성광의 지방 진출은 물거품으로 돌아가 부산 조폭들과 불가침협정을 맺는 선에서 끝을 맺긴 하였으나 그래도 '사업체'는 남겨 두는 정도의 협의는 마쳤고, 또한 그건 경남 전체가 아닌 부산에 국한된 일이었으니 창원의 '사업'은 부산 조폭들도 관여할 바가 아니었다.

그렇다고 광금후가 조광의 이름을 내걸고 창원에서 활동하는 일은 금물이었다.

하지만 직접 움직일 수 없다면 간접적으로 움직이면 될 일이다.

광금후는 이 '광남파'라고 하는, 싹수는 보이지만 풋내기에 불과한 놈들의 뒤를 봐주기로 했다.

다만 여기서 광금후의 실책이라고 한다면 첫째, 그는 광남파를 언제까지고 자신의 입맛대로 좌지우지할 수 있으리란 착각을 했단 점일 것이다.

둘째로는 범죄와의 전쟁 당시의 여파가 광남파에도 끼쳤

단 점이었다.

어쨌거나 광남파도 창원에서 알아주는 조폭 집단이었던 만큼 이 당시 대대적인 검거에 들어가 해산 직전까지 놓였으나, 변두리여서 그랬는지 그 여파가 여타 주요 도시보다 덜 끼친 덕에 간신히 재건에 성공하였다.

하지만 그 과정에서 광금후는 본인 직속을 잃었을 뿐만 아니라 광남파에 대한 간접 지배의 실효권 또한 잃었다.

광금후가 어찌어찌 그들과 연락이 닿아 다시 접선하게 되었을 땐 이미 그가 알고 있던 면면들 대부분이 물갈이가 되고 난 뒤였던 것이다.

동시에 그것이 교훈이 되었을까, 광남파의 움직임은 전에 없이 교묘해져 광금후조차 그 실태를 다 파악하지 못할 정도가 되었다.

결국 광남파는 광금후가 전수해 준 각종 음지의 노하우와 '조광의 광금후가 뒤를 봐준다'고 하는 뜬소문만을 남기고 이 이름을 이용하는 대가만을 광금후에게 상납하는 선에서 그와 느슨한 관계를 이어 가게 되었다.

그러다 보니 사실상 광금후 입장에선 다 잡은 물고기라 생각했던 그 물고기가 자신이 드리운 미끼와 떡밥만 홀랑 벗겨 먹고 물속으로 잠긴 꼴이었다.

그래서 광금후도 광남파가 마약을 취급하기 시작했다는 것엔 기겁하면서도 조직 모르게 해 온 일이 들키지 않을까

전전긍긍하는 것밖에 할 수 없었다.

이런 상황이었지만, 결국 기는 놈 위에 뛰는 놈, 뛰는 놈 위에 나는 놈이 있는 법.

그런 그들도 안기부가 먹이를 노리는 매의 눈으로 상황을 지켜보는 중이란 건 꿈에도 몰랐다.

"……자, 그럼 그렇게들 아시고."

김철수가 석동출을 보며 말을 이었다.

"저는 잠시 우리 민수 씨랑 할 말이 있으니, 죄송하지만 석 동출 씨는 먼저 돌아가 주시겠습니까?"

오는 길에 김민수(강이찬)의 차를 얻어 타고 온 석동출이었 지만, 그도 이 상황에선 차마 '저 혼자 갑니까?' 하는 식의 말 을 할 수는 없었다.

"……알겠습니다. 그럼 다음에 또 뵙죠."

결국 석동출은 군말 없이 식당을 나서야 했다.

'여기가 어딘지도 모르고……. 택시라도 잡아야겠군.'

둘 다 안기부 요원이니, 응당 안기부 요원끼리 나눌 이야 기가 있을 것이라고 생각하면서.

그렇게 석동출이 식당을 나간 뒤, 김철수가 담배를 꺼내 입에 물곤 강이찬에게 담뱃갑을 내밀었다.

"담배…… 아 참, 안 한다고 했죠?"

"예."

김철수는 히죽 웃으며 담뱃불을 붙인 뒤, 담배를 입에 문 채로 일어서 주방으로 향하더니 플라스틱 접시를 꺼냈다.

"보시다시피 이제 작전은 막바지에 이르렀습니다."

김철수는 그렇게 말하며 접시에 물을 약간 담아 자리로 돌아오더니 그 위에 티슈를 얹었다.

플라스틱 접시 위의 물을 머금은 티슈 위로 김철수가 턴 담뱃재가 떨어졌다.

"그리고 민수 씨…… 아니, 이제 강이찬 씨와 계약도 슬슬 끝을 맺을 때군요."

"압니다."

"예. 그러니 이 일이 끝나면 해고입니다."

김철수가 씩 웃으며 덧붙였다.

"이야, 정말이지 강이찬 씨를 상대로 이 말을 꼭 해 보고 싶었어요. '해고입니다.' 하고 말입니다."

"……."

"솔직히 말하면 저, 강이찬 씨 관리가 꽤 힘들었단 말이죠. 아무래도 저는 중간관리자 체질은 영 아닌 모양이에요."

강이찬이 냉소적으로 그 말을 받았다.

"그렇게 보이더군요. 그러면 다음은 제 입막음에 대한 이야기입니까?"

"하하, 우리 이찬 씨 평소 책을 많이 읽으시더니 나쁜 물이 들었네. 강이찬 씨 눈에는 안기부가 사람 가져다 단물만 삼키다 버리는 그런 조직으로 보입니까?"

솔직히 말하면 그렇지 않나, 하고 생각했지만 김철수를 상대하고 싶지 않았던 강이찬은 단도직입적으로 말을 받았다.

"그 말씀을 먼저 꺼낸 걸 보니 석동출이 왜 여기 있는지에 대해선 말씀해 주지 않으실 건가 보군요."

"흐흐."

김철수가 담배를 피우며 웃었다.

"이거 참, 눈치도 빠르고 능력도 있어서 요원에는 참 안성맞춤인 인재인데, 이대로 놓아주려니 아쉽단 말이죠. 국가적 손실이란 생각마저 들어요. 아, 물론 제 관리하에 있지 않단 전제하에 드리는 말씀이지만 말입니다."

"……회포나 풀자고 저를 남기셨습니까?"

"그런 태도만 아니면 저도 강이찬 씨를 마음에 들어 했을 겁니다."

김철수가 접시에 담뱃재를 툭툭 털어 내며 말을 이었다.

"어쨌건, 아까는 농담으로 하신 말씀이겠지만 이 일이 끝나고…… 어라 이거, 보통 영화에서 이런 말을 하면 꼭 죽던데. 뭐라고 하더라?"

"……클리셰."

"아, 그래, 클리셰. 아무튼 강이찬 씨는 이후로도 딱히 신분을 바꾸거나 해외로 떠나실 필요 없이 이대로 쭉 계시면 됩니다. 원하신다면 지금 하듯 이성진 사장님의 운전기사로 지내셔도 되고요. 아니 오히려 그래 주면 고맙겠습니다."

김철수의 말에 강이찬이 인상을 찌푸렸다.

"안기부 일은 이제 끝이지 않습니까?"

"오해하지 마세요. 이제 그쪽 정보를 강이찬 씨에게서 받지는 않겠단 이야기입니다."

김철수가 말을 이었다.

"솔직히 말하면 그런 조건으로 약속을 했거든요."

"……저희 사장님과 말입니까?"

"아뇨, 그쪽 말고 조세화 아가씨입니다."

여기서 조세화가 언급되다니, 강이찬은 영문을 몰라 어리둥절한 얼굴이었다.

"조세화?"

"예, 강이찬 씨도 잘 아시는 그 조세화요. 실은 강이찬 씨랑 구봉팔 씨 콤비가 부산에 있다는 것도 그 아가씨께 들었거든요."

말인 즉, 김철수는 조세화에게 접근했다는 의미인 건가?

강이찬은 남들 앞에서 아무렇지도 않게 거짓말을 할 수 있는—어쩌면 거짓말탐지기에도 걸리지 않을 훈련까지 거쳤을 —김철수의 말을 믿어도 좋을지 모르겠단 생각을 했다.

'만약 그렇다고 한다면 그가 내 행선에 대해 알고 있는 것

도 이해는 간다만.'

그렇다고 해서 조세화와 협력 관계에 놓이다니, 그 상황이 상당히 기묘했다.

'그도 그럴 것이 그는 이 자리에 석동출도 끌어들인 판국이니까.'

석동출은 조설훈 사망 사건의 열쇠를 쥐고 있는 인물로, 부친의 원수를 갚고자 하는 조세화가 그 신원을 찾고 있을 인물이기도 했다.

강이찬이 생각하는 사이 김철수가 말을 이었다.

"뭐, 그렇게 됐습니다. 조세화는 부친의 원수를 갚고 싶어 하고, 저희는…… 강이찬 씨도 아시듯 이 바닥에 영향력을 갖고 싶으니까요. 상호 원원인 거죠."

김철수는 '윈윈'을 말하며 손가락 두 개를 까딱였다.

"그 대신, 그쪽에서 조건으로 세운 것 중 하나가 안기부에서 강이찬 씨를 해고하는 거였고요. 뭐, 어차피 할 거였으니까 저희로선 손해 볼 거 없는 장사였습니다. 하하."

"……."

"제가 보기에는 이성진 사장 곁에 강이찬 씨가 호위로 붙어 있어 주면 좋겠단 계산이 선 것 같지만요. 어린 아가씨가 벌써부터 꽤 잔망스럽지 않습니까?"

이걸 고마워해야 할지, 쓸데없는 오지랖이었다고 해야 할지.

그래도 일단 지금은 조세화의 '배려'를 감사히 여기기로 했다.

강이찬 역시도 이 일이 끝나고 이성진만 허락한다면 그 곁에 남고 싶단 생각을 할 정도였으니까.

"그래도 괜찮겠습니까?"

"뭘요?"

고개를 갸웃하는 김철수를 보며 강이찬이 말을 이었다.

"이대로 저를 아무 조건 없이 보내 주는 것 말입니다."

김철수가 빙그레 웃었다.

"아무 조건 없이, 라. 대체 무슨 말씀인지 모르겠군요. 말씀드리지 않았습니까? 강이찬 씨를 안기부에서 해고하는 것 자체가 조건이었다고 말입니다."

"……"

김철수가 담배 한 모금을 태웠다.

"어차피 정식 요원도 아니고 임시 계약직인 강이찬 씨가 회사에 대해 알고 있는 건 새 발의 피 수준이고, 설령 강이찬 씨가 안기부에서 있었던 일을 책으로 낸다 한들 믿어 줄 사람도 없을 겁니다. 뭐, 저로서는 강이찬 씨가 그렇게까지 하진 않을 거라고 믿고 싶지만요."

김철수는 담배 한 모금을 마저 태운 뒤 꽁초를 접시 위에 비벼 껐다.

"혹시 사장님께 아직 아무 말씀 못 들으셨습니까?"

"……뭘를요?"

"저, 강이찬 씨가 휴가 중이실 때 이미 이성진 사장님이랑 만났거든요."

김철수의 말에 강이찬은 눈을 가늘게 떴다.

"무슨 말씀이십니까, 그게?"

경계부터 하고 보는 걸 보니 아주 이성진의 충실한 개가 다 됐다고 생각하며, 김철수는 빙긋 웃었다.

"오해하지 마세요. 사장님께서 얼마 전 일산출판사를 인수하지 않으셨습니까? 그 일로 출판사에서 뵈었을 뿐입니다."

"그렇다면……."

"사장님께서도 깜짝 놀라시더군요. 물론 다른 사람 앞이어서 내색은 하시지 않았지만요. 하긴, 저도 사장님이 느닷없이 출판사로 오신다기에 깜짝 놀라기는 했습니다, 하하."

가장 효과적인 거짓말은 진실이 섞인 것이라고 했던가.

김철수와 이미 면식이 있던 이성진이 '(자신을 보고)깜짝 놀라긴 했어도 내색하지 않았다.'는 대목에서 강이찬은 왠지 이성진이라면 그랬을 법하단 생각을 떠올린 동시에 둘 사이에서 어떤 밀약이 오갔을 것이란 생각은 하지 않았다.

더군다나 이성진은 일산출판사가 안기부의 위장 신분용 회사 역할을 겸하고 있다는 걸 알고 있기도 했고.

'하긴, 사장님이 일산출판사를 인수한 시점에서 내 감시 및 보고는 그 효력을 다했다고도 볼 수 있겠군.'

강이찬은 한 차례 더 나아간 사고를 했고, 김철수는 그런 강이찬을 물끄러미 볼 뿐 관련해서 그 이상 아무런 말을 하지 않았다.

　"그러면."

　강이찬이 입을 뗐다.

　"조세화와 계약을 하셨다고 했는데, 사장님은 그걸 알고 계십니까?"

　"모릅니다."

　김철수가 딱 잘라 말했다.

　"조세화는 이성진 사장님이 이쪽 세계와 연루되길 바라지 않으시는 눈치거든요. 그래서 그녀도 강이찬 씨가 더더욱 이성진 사장님 곁에 붙어 있길 바라는 눈치고요. 솔직히 말해서 강이찬 씨가 이성진 사장님의 보디가드로 있는 이상, 어지간한 사람이 아니면 강이찬 씨의 가드를 뚫고 사장님께 해를 가하기란 쉽지 않은 일 아니겠습니까."

　김철수는 잠시 뜸을 들였다가 말을 이었다.

　"내친김에 말씀드려야겠군요. 이 이야기는 비밀입니다만…… 아, 여기서 나눈 이야기 모두가 비밀이지만, 이번엔 특히 함구해 주셨으면 합니다. 실은 석동출 씨가 여기 와 있는 것도 이성진 사장님과 아주 무관하지 않습니다."

　여기서 석동출 이야기가 나오다니.

　그것도 본인 스스로 석동출에 대해 발설하지 않기로 해놓

고선.

"무슨 이야기입니까?"

"보아하니 강이찬 씨도 석동출이 경찰에 조설훈 사망 당시 현장에서 있었던 일을 위증하였다는 걸 아는 눈치여서 드리는 말씀입니다. 현장에는 실제로 조설훈을 살해한 진범이 따로 있더군요."

김철수가 보증하는 걸 보니 석동출이 위증을 했다는 것 자체는 진실인 듯했다.

"거기서 대체 무슨 일이 있었던 겁니까?"

"음……."

김철수는 담배에 불을 붙였다.

"저도 그에게 들은 내용을 전하는 것이니 제 말이 전부 사실이란 생각은 하지 말란 전제로 말씀드리죠."

김철수가 담배 한 모금을 태웠다.

"조설훈을 살해한 진범은 석동출 형사가 술집에서 대기하고 있을 때 불쑥 차에 올라탔다고 하더군요."

즉, 진범은 처음부터 석동출과 동행한 상태였단 이야기였다.

"저항하지 않았습니까?"

명색이 경찰인데.

"들으니 그때 그는 배성준 형사에게 자신의 권총을 빌려주었다고 했습니다."

"……."

자신의 목숨과도 같은 총기를 남에게 빌려주었다니, 군인 출신인 강이찬 입장에서는 어처구니가 없는 소리였다.

"아무래도 당시에는 배성준 형사 나름대로 계략이 있었던 모양입니다만…… 뭐, 여기서 제 의견 따윈 중요하지 않으니 넘어가기로 하죠. 결과적으론 실패한 전략이기도 하고."

김철수가 담배를 한 모금 더 태웠다.

"이미 배성준 형사에게 권총을 빌려주었던 석동출 형사 입장에서는 범인이 시키는 대로 할 수밖에 없었던 모양입니다. 아무튼 두 사람은 함께 현장에 도착했고, 그 현장에서 유일하게 두 발로 땅을 딛고 서 있던 조설훈과 대면하게 되었습니다."

"……."

"그렇게 석동출 형사가 현장에 도착했을 당시, 배성준은 이미 총에 맞아 사경을 헤매는 상태였습니다. 조지훈 역시 마찬가지였고…… 현장에 있던, 누구더라, 아무튼 술집 주인이던 사내 또한 사망한 상태였죠. 마침 조설훈은 현장에 자신이 있었단 흔적을 남기지 않기 위해 조작을 가하는 중이어서 미처 대응하지 못하고 범인이 겨눈 총에 두 손을 들었습니다."

마치 현장에 있었던 사람처럼 생생한 표현이었지만, 강이찬은 김철수의 말버릇이 그렇거니 생각하고 말았다.

"그리고 범인은 조설훈을 쏘았습니까?"

"결과적으로는 그랬습니다만, 조금 더 번잡한 과정을 거쳤죠. 범인은 현장을 둘러본 뒤 트렁크 속 시체까지 확인한 끝에 그 시체를 교살한 줄로 조설훈을 포박하였습니다. 그 다음……."

김철수는 그 당시를 회상하듯 생각에 잠긴 채 접시 위에 담뱃재를 툭툭 털었다.

"범인은 자신의 권총이 아닌 조설훈이 조지훈을 살해한 토카레프로 조설훈을 살해한 뒤, 현장에서 총격전이 있었던 것처럼 위장하고 석동출 형사의 다리에도 총을 쏜 다음 조설훈의 차를 타고 현장을 빠져나갔습니다."

만약 이성진이 이 자리에 있었다면 '잘도 아무렇지 않게 거짓말을 하는구나' 감탄했겠지만, 김철수가 태연히 이런 이야기를 떠들 수 있었던 것은 지금 김철수가 한 이야기에서 자신이 한 행동을 3인칭으로 술회했을 뿐 내용상 '거짓'은 없었기 때문인 것도 한몫했다.

게다가 김철수 스스로 '이 일은 석동출에게 들은 이야기'라는 식으로 말했으니 설령 이 이야기에 모순이 있다 한들 사건에 대해 조세화며 양상춘, 이성진만큼 자세히는 알지 못하는 강이찬으로선 고개를 주억이는 것 외에 다른 걸 할 수 있을 리도 만무했다.

"그렇다고는 하나 석동출 형사는 용케도 그럴듯한 위증을 했군요."

"그야 총격전 끝에 공멸한 걸로 치잔 범인의 제안이 석동출 형사 입장에서도 그럴듯하지 않았겠습니까."

"……제안? 범인과 거래를 했단 겁니까?"

"아, 그 이야기는 깜빡했군요. 네, 그랬습니다. 범인은 석동출 형사로 하여금 익히 알려진 내용대로 경찰에 위증을 하도록 권했습니다."

김철수가 말을 이었다.

"실제로 그 결과 배성준 형사의 남겨진 가족은 순직 연금을 타게 되었으니 석동출 형사 입장에서야 그 당시로선 최선의 선택을 한 것이겠지요."

살인 방조를 두고서 '최선의 선택' 운운하는 김철수의 표현 방식에 동의하는 입장은 아니었지만, 그것이 당시로선 합리적일 뿐만 아니라 달콤한 제안이었을 거란 것엔 강이찬도 동의할 수밖에 없었다.

'범인은 배성준의 원수를 갚아 주었을 뿐만 아니라 배성준의 유족으로 하여금 연금을 탈 수 있는 방향을 알려 주었고, 또 그 상황에서 거절했다간 죽었을지도 모르니.'

범인 입장에서도 석동출을 죽여 입막음을 하는 대신 위험 부담을 짊어져 가며 위증을 권한 건, 딱히 밑질 것 없는 도박수였다.

설령 석동출이 추후 '사실'을 진술한다 하더라도 그 정체를 모르는 이상 기껏해야 범인의 몽타주만을 그릴 수 있을 뿐이다.

'또, 그 입장에선 현장에서 사망한 배성준이 그들과 물밑 거래를 하려다 일이 틀어져 개죽음을 당했단 식의 내용으로 변질될 것을 감수하느니 현실적인 이유에서나 배성준의 명예란 이상을 위해서나 위증을 택하리란 확신도 있었을 테고.'

김철수는 생각에 깊이 빠진 강이찬을 보며 빙긋 웃었다.

"질문은 끝났습니까?"

"아뇨."

강이찬이 몸을 슬쩍 앞으로 기울였다.

"저는 아직 이 일이 저희 사장님과 무슨 관계가 있다는 건지 듣지 못했습니다."

그야 묻고 싶은 건 많았지만, 강이찬으로서는 당장 이 이야기가 나온 계기인, 김철수가 '석동출 씨가 여기 와 있는 것도 이성진 사장님과 아주 무관하지 않습니다.'라고 말한 대목을 의식하지 않을 수 없었다.

그도 그럴 것이 당시 이성진의 행적엔 알리바이가 뚜렷했고, 이성진이 조설훈과 조지훈의 죽음에 대해 안 건 조성광의 장례식장에 김보성이 다녀간 이후였다.

"하하, 벌써 '저희 사장님'입니까?"

"……."

"농담입니다."

이런 상황에 잘도 농담이 나오는군.

"그래, 그 이야기를 하던 중이었죠."

한 차례 분위기를 환기한 김철수가 입을 열었다.

"들으니 조지훈을 살해한 뒤 조설훈의 다음 타깃이 바로 우리 이성진 사장님이었다는 모양입니다."

어지간해선 감정적 동요를 보이지 않던 강이찬도 그 대목에선 주먹을 불끈 쥘 수밖에 없었다.

"그게 무슨 소립니까?"

조설훈이 조지훈을 살해하려 그 무대를 마련했다는 것쯤은 강이찬도 알고 있었지만, 그다음 표적이 이성진이었다니.

"아무리 조설훈이라 하더라도 사장님을……."

더군다나 이성진은 아직 초등학생에 불과한, 어린이가 아닌가.

"그렇긴 합니다만."

김철수가 웃음기를 거두며 차분히 강이찬의 말을 받았다.

"존속살해도 작정하고 실행에 옮긴 판국에 남의 집 꼬맹이 죽이는 것쯤은 아무것도 아니지 않습니까?"

"……."

"그리고 생각해 보면 이 모든 일의 시발점은 이성진이 박상대를 공격하며 시작된 일이었죠. 어쩌면 그 시점의 조설훈도 그걸 깨달았을지 모르겠군요."

분명 박상대의 비위를 폭로하고자 계획을 수립했던 건 이성진이었지만, 그 박상대가 정순애를 살해하고 그 뒤처리를 도운 조설훈과 사이가 틀어지게 된 것에는 이성진이 관여한 바가 아니었다.

하물며 조설훈의 아들인 조세광이 사람을 죽인 것도 조세광으로 하여금 정상참작을 고려케 할 정도의 사고였다.

'그런데 이 모든 원인을 이성진 탓으로 돌리고 자신의 행동을 정당화하려 했다니, 적반하장도 유분수지.'

강이찬이 속으로 뇌까리는 사이 김철수가 말을 이었다.

"뭐, 조설훈 본인도 사망한 마당에 이제 와선 다 끝난 이야기입니다. 여기서 제가 드리고 싶은 말씀은……."

김철수가 잠시 뜸을 들였다가 말을 이었다.

"저도 우리 꼬마 사장님 머릿속에 어떤 계획이 있는지는 모릅니다만, 이런 식으로 가다간 이성진 주위에는 적이 많이 생길 거란 겁니다."

"……조설훈은 예외적인 케이스로 보아야 하지 않겠습니까?"

김철수가 웃었다.

"하하, 그게 아니더라도 말이죠, 박상대 건만 하더라도 저희 어르신이 막아 주셨으니 망정이지 하마터면 그 최갑철을 적으로 돌릴 뻔하지 않았습니까."

"……."

"그런 걸 차치하더라도 우리 이성진 사장님께선 조심성이 부족합니다. 거참, 대한민국 땅에서 이름만 대면 알 법한 회사의 후계자 신분인 사람이 세상 무서운 줄 모르고 아무렇지도 않게 버스나 택시를 타고 돌아다니잖아요?"

그 부분은 강이찬도 우려하던 바였다.

자신도 이유는 모르겠지만 이성진은 안전불감증이 있는 사람처럼 국내 치안을 맹신하는 경향이 있었다.

'온실 속 화초여서 그런가.'

그런 의미에서 이성진이 주변을 대하는 태도는 평소 사업을 벌일 때마다 매사에 신중을 기하는 성격답지 않았다.

"그러니 저로서는…… 아니 안기부 입장에서라도 강이찬 씨가 이성진 곁에 붙어 다니며 보디가드 역할을 해 주면 좋겠다고 생각합니다."

확실히.

안기부 입장에서는 이성진이 위해를 당해 덜컥 사망하기라도 하면 꽤 곤란한 처지에 놓인다.

그건 안기부가 위장 신분으로 활동 중인 일산출판사를 이성진이 인수했기 때문만은 아닐 것이다.

"그 부분은 저도 납득했습니다."

"좋습니다. 그럼 이 정도로 해 두죠. 다음은……."

김철수가 슬슬 강이찬을 붙들어 둔 본론으로 들어가려고 할 때, 강이찬이 그 말을 끊었다.

"아뇨, 그 전에…… 석동출에 대해서 조금 더 물어보아도 되겠습니까?"

"석동출 말입니까?"

"예, 말씀을 듣고 보니 그 사람을 신용해도 좋을지 확신이 서질 않아서 말입니다."

강이찬의 말에 김철수가 빙긋 웃었다.

"강이찬 씨에게게도 석동출 형사의 미숙함이 눈에 들어온 모양이군요. 뭐, 실력 면에서는 그런 생각을 할 법합니다만."

"그의 능력에 대해서 이야기하고자 꺼낸 말이 아닙니다."

"그러면 왜요, 이미 위증을 한 전직 경찰이어서 그렇니까?"

김철수의 거듭되는 딴죽에 강이찬은 조금 짜증을 냈다.

"그것도 아닙니다. 그가 위증을 한 이유는 저도 납득하고 있으니까요."

석동출은 이미 경찰을 관둔 모양이니, 그 일로 자신이 실적을 올리려 했다거나 하는 속물적인 목적은 없을 것이다.

석동출이 범인의 제안을 따라 위증을 한 건, 그 일이 부패 경찰 배성준의 남은 유족으로 하여금 순직 연금을 받게 할 수단이기 때문이다.

또 정황상 그는 어느 정도 조설훈을 살해하고자 한 범인의 행동에 동조하기도 했을 것이다.

연고와 물밑 거래가 판을 치는 대한민국의 사법 시스템을 생각해 보면 조설훈이 그대로 법정에 선들 그에게 온당한 존속살해 혐의 판결이 떨어질 것 같지도 않았고, 오히려 그는 교도소 안에서 조광 그룹의 경영 방향을 지시해 가며 종국엔 '이성진을 제거'하려는 계획도 실행에 옮기려 했을 것이다.

그러니 조설훈이란 괴물은 죽어 마땅한 인간임과 동시에 거기서 죽어야만 했다.

더불어 이는 석동출에게 배성준의 원한을 갚는 일이기도 했으리라.

하지만 강이찬은 그런, '그럴듯한 이유'에 의문을 품고 있었다.

"아까 말씀하시기로, 이번 작전은 두 팀으로 나눠 석동출을 협상 테이블에, 저는 광남과 본거지를 치는 팀으로 나눠 진행한다고 하셨습니다."

"네, 그랬죠. 바꿔 드립니까?"

"……아뇨. '마동철' 씨는 협상 테이블에 있어야 하니까요. 그 인선에 불만은 없습니다."

약간 사심을 담아 강이찬 본인은 본거지를 치는 쪽을 더 선호하는 쪽이기도 하고, 게다가.

"더군다나 그 본거지에는 조설훈을 살해한 범인이 있을지 모릅니다. 그 행적과 임기응변 능력을 고려하면, 왠지 깡패들이 그를 감당할 수 있을 거란 생각은 들지 않는군요."

강이찬의 생각은 타당한 동시에 쓸데없는 생각이기도 했다.

그도 그럴 것이 강이찬이 걱정하는 '유령'은 광남파에 존재하지 않으니까.

김철수는 강이찬의 말을 들으며 재미 삼아, 자신이 강이찬과 붙으면 어떻게 될지를 생각해 보았다가, 자신도 정면에서 붙어선 강이찬에게는 적수가 되지 않겠다는 냉철한 분석을 마쳤다.

"뭐, 그럴지도 모르겠군요. 게다가 거기서 강이찬 씨가 유령을 상대하지 못하면 그 누가 나서도 못 할 테니까요."

"유령?"

"아, 석동출 씨는 그렇게 말하더군요."

정확히는 석동출의 병문안을 온 여진환과 강하윤의 표현이었지만.

"……그래서 말입니다만, 그전에 잠시."

강이찬은 묻고 싶은 핵심에 다가가기 전, 그 전제가 되는 질문을 던졌다.

"안기부에서는 이후, 석동출을 어떻게 쓰실 예정입니까?"

그 말에 김철수는 턱을 긁적였다.

"죄송한 말씀입니다만, 곧 부외자가 되실 강이찬 씨에게 자세한 말씀은 못 드리겠는데요."

"……."

"진심입니다. 게다가 어차피 이후의 일은 강이찬 씨가 상관할 바가 아니지 않습니까? 강이찬 씨로서는 이번 작전으로 원수만 갚으면 그뿐이지 않나요."

김철수는 너무 냉정히 말했나, 자책하며 덧붙였다.

"뭐, 이후 조광과 이성진 사장님 사이의 비즈니스적 관계를 고려하면 아주 무관한 건 아닐 테니…… 어쩔 수 없군요. 남도 아니고, 조금 말씀드리죠. 지금으로선 그를 바지사장으로 앉힐 계획이긴 합니다."

"마동철이란 이름으로요?"

그 냉소 섞인 지적이 뜻하는 바를 모르지 않는 김철수가 웃었다.

"하하, 가만 보니 강이찬 씨, 꽤 유머 감각이 있는 분이셨군요. 진작에 알았으면 좀 더 원만한 관계를 유지할 수 있었을 텐데."

"……."

"그쪽은 걱정하실 거 없습니다. '부산에 있는 마동철 씨'는 적당한 때에 기회를 봐서 퇴장해 주실 테니까요. 그때 가선 설령 부산 조폭들이 서울까지 올라가 마동철 본인을 본다 한들 뭘 어찌할 수도 없을 겁니다. 물론 그럴 일도 없고요. 설마, 그게 걱정이셨습니까?"

강이찬이 고개를 저은 뒤 말을 이었다.

"그러면 석동출 본인도 그걸 알고 있습니까?"

"노코멘트 하죠."

"……그럼 그도 알고 있는 것으로 가정하고 말씀드리겠습니다. 저는 석동출이 그렇게까지 해 가면서 안기부에 협력하는 이유를 모르겠습니다."

김철수가 픽 웃었다.

"하긴, 그런 부분은 강이찬 씨 같은 사람은 이해하지 못하겠군요."

"……무슨 말씀이십니까?"

"석동출 씨는 저래 봬도 '대의'가 무언지 아는 사람이거든요. 그는 경찰로서 신념을 저버려 가면서까지 자신의 이상을 위해 움직일 사람인 겁니다."

김철수의 입에선 뜬금없는 이상론이 흘러나왔지만, 김철수의 말은 농담도 뭣도 아니었다.

강이찬도 이따금 느끼곤 하는 것이지만, 목적을 위해서라면 수단을 도외시하는 김철수의 행동거지엔 광기로 느껴질 만한 신념이 묻어나곤 했다.

그러한 김철수의 모습에서 강이찬은 종종 어느 신념이 도를 지나치다 못해 광기로 변질된 이들을 떠올리곤 했다.

거기에 이해와 공감은 있을 수 없다는 걸 아는 강이찬은 힘겹게 입을 뗐다.

"그러면 석동출이 이 일에 협력하는 건, 안기부에서 생각하는 큰 그림과 자신의 신념이 맞아떨어졌기 때문이란 겁니까?"

"저와 완전히 같지는 않겠지만 어느 정도는 그렇다고 봅니다."

"그렇다면 이상하군요. 저는 그 '석동출 개인의 신념'이라는 것이 조설훈을 살해한 진범을 자신의 손으로 붙잡아 끝내는 것으로 결자해지를 하고 싶은 것이라고 생각했습니다."

김철수는 그 말에 잠시 얼굴에서 웃음기를 지웠다가 다시 미소를 지었다.

"왜죠?"

"……굳이 말씀드리자면 어디까지나 제 느낌일 뿐입니다."

"결국 느낌일 뿐이군요. 석동출이 결자해지를 하고 싶어 할 거란 말씀조차도."

"하지만 그때 조설훈을 향해 방아쇠를 당긴 건 석동출이 아니었습니다."

김철수는 웃으며—하지만 눈은 웃지 않는 채로—강이찬의 말을 받았다.

"그야, 그때 총을 쥔 건 범인이지 석동출이 아니었으니까요."

"그래서 하는 이야기입니다."

강이찬이 담담히 말을 이었다.

"석동출은 조설훈을 죽이고자 한 범인과 달리 그를 체포하여 법의 심판대에 세우고 싶어 했을 거라고요."

"흐음, 본인에게 들었습니까?"

"아뇨, 느낌입니다. 하지만 그저 감에 의지한 이야기만은 아닙니다. 만약 석동출이 범인의 뜻에 동조했다면, 그래서 진심으로 조설훈에게 사적 제재를 가하고자 했다면 범인은 석동출로 하여금 방아쇠를 당기도록 종용했을 겁니다. 그런 식으로 공범을 만들어 두면 범인도 편하고요. 하지만 상황은 그렇게 흘러가지 않았고, 결국 석동출은 '범인의 협박에 못 이겨' 그 말을 따랐을 겁니다."

오호, 이거 참.

김철수는 내심 이 자리에서 그럴듯한 재구성을 해낸 강이찬에게 감탄했다.

'서당 개 삼 년이면 어쩐다고, 이성진이랑 붙어 다니더니 배운 게 있었던 건가.'

실제로 석동출은 이후 김철수 자신을 향해 탄창이 빈 토카레프 권총의 방아쇠를 당기기까지 했으니, 당시 석동출이 범인(김철수)의 의사와 달랐을 거란 강이찬의 추측은 정확했다.

그래서일까, 김철수는 이 상황에 평소처럼 아닌 척 잡아떼기보단 강이찬처럼 '평범한' 사람의 견해를 더 들어 보고 싶어졌다.

"흥미롭군요. 그런데 강이찬 씨는 그것과 이번 일에 무슨 위화감을 찾아냈습니까?"

강이찬은 김철수가 흥미 본위로 물어본다는 걸 알면서도 대답했다.

"그래서 석동출은 응당 진범이 있는 본거지를 치는 쪽에 참여하고 싶어 하지 않았을까, 생각했습니다. 하지만 그는 협상 테이블 팀에 배치한 인선에 아무런 불만도 표하지 않더군요."

거기서 위화감을 느낀 것인가.

계기는 거칠지만 결론에 이른 강이찬의 직관은 꽤 날카로웠다.

'이럴 때 보면 마냥 풀어 주기 아깝단 말이지.'

만약 그에게 자신의 반만큼이라도 '애국심'이 있었다면 여러 일에 좀 더 중하게 쓸 수 있을 텐데.

'조금 아쉽군.'

3장

김철수가 빙긋 웃었다.

"그럴듯하군요. 듣고 보니 조금 이상하긴 합니다."

그러며 그가 덧붙였다.

"물론 그것도 어디까지나 강이찬 씨의 생각, 아니 '느낌'대로라면 말이지만요."

역시 바보 취급 하는 건가, 생각하는 사이 김철수가 어조를 바꿔 말을 이었다.

"게다가 만약 그런 것이라면, 이렇게 생각해 볼 수도 있지 않겠습니까? 자신의 실력에 확신과 실제로 그 솜씨가 일품인 강이찬 씨와 달리…… 솔직히 말해서 석동출 형사의 실력은 평범하거나 경찰 평균 이하거든요. 그러니 진범이 있을지도 모를 본진을 치는 일은 프로에게 맡기자고요."

김철수의 말도 일리는 있었다.

"소문이긴 합니다만 예전에 석동출 형사가 어느 일로 김보성 검사에게 따지러 갔다가 당직 중이던 수사관에게 맞고 나가떨어져 문이 부서진 흔적이 광수대에 아직도 남아 있다나 뭐라나. 하하."

"……."

"어쨌건."

김철수가 말을 이었다.

"석동출 본인이 이번 작전에 불만을 표하지 않은 데다, 강이찬 씨와 달리 그는 이번 작전 이후로도 한동안 저희 회사에 협조할 예정이니까요. 저래 봬도 관련해서 생각해 둔 큰 그림이 있을 겁니다."

"……."

"오히려 진범이 그 본거지에 상주하고 있다고 한다면 강이찬 씨야말로 만전을 기해 주시길 바랍니다. 앞서 강이찬 씨가 분석한 대로라면 그 범인은 꽤 만만치 않은 모양이니까요."

강이찬은 김철수가 이 이상 이야기를 이어 가고 싶지 않아 하는 걸 눈치채곤 고개를 끄덕였다.

"저는 주어진 상황에서 가능한 최선을 다할 뿐입니다."

"좋군요."

김철수는 강이찬에게 미소를 보인 뒤, 보란 듯 손목시계를 들여다보았다.

"그럼 저는 선약이 있는지라 슬슬 일어나 볼까 하는데……
강이찬 씨, 괜찮다면 저 좀 차로 태워 주시겠습니까?"

마음 같아선 이대로 호텔로 돌아가고 싶었지만, 강이찬은
예의상 그 말을 받았다.

"여기서 멉니까?"

"어디 보자."

김철수는 잠시 생각하다가 대답했다.

"여기서 창원이면 꽤 먼 편이죠?"

"……."

창원이라.

강이찬에게는 오랫동안 발길을 하지 않은 고향이자 이 상
황에 언급되기엔 의미심장한 장소였다.

"알겠습니다. 가죠."

김철수는 강이찬이 그렇게 말할 줄 알았다는 듯 고개를 끄
덕였다.

"그럼 먼저 나가 주십시오. 아무리 저희가 빌렸다지만, 빌
린 사람 처지에 뒷정리를 소홀히 해서는 안 될 거 같아서요."

그나마 정리를 도와달란 말을 하지 않은 건 김철수에게 남
은 최후의 양심일지도 모르겠다고 생각했다.

"알겠습니다. 나가서 기다리겠습니다."

"예."

강이찬이 식당을 나갈 때까지 웃는 얼굴로 배웅한 김철수는 그가 식당을 나가자마자 얼굴에서 웃음기를 싹 지웠다.

그 직후 접시를 들고 주방으로 향한 김철수는 물을 틀어 접시를 헹구며 혼잣말을 중얼거렸다.

"……흠, 과연. 석동출은 그럴지도 모른다는 건가."

이래서 다른 사람의 생각도 들어 볼 만한 가치가 있다고 생각하며 김철수는 식당 문을 잠그고 강이찬이 기다리는 차에 올라탔다.

부산 조폭 연합이 꽤 잘 풀리는 것과 달리 광남파 내부 상황은 꽤 뒤숭숭했다.

점조직을 만들어 약을 뿌리는 건 안전하단 장점도 있지만, 동시에 윗선의 생각이 하부 점조직까지 닿는 데 걸리는 시간이 길다는 것과 착오가 생길 수 있다는 단점도 있었다.

만약 광남파의 방식에 좀 더 기술적인 보완이 이루어졌다면, 그래서 실시간으로 메시지를 주고받고 이를 통보할 수 있었더라면 이런 일은 일어나지 않았을지도 모른다.

하지만 이 시대는 아직 핸드폰이 고가의 사치품인 시절, 전문화된 비즈니스맨이 아니고서야 핸드폰을 손에 넣는다는 건 어불성설이었다.

그러다 보니 하부 점조직 양아치들 중엔 핸드폰을 구경도 못 해 본 놈들이 태반이었고, 아직도 한 손엔 삐삐, 다른 한 손에는 동전을 절그럭거리며 공중전화 부스 앞에 줄을 서 있는 모습이 일상적인 풍경 중 하나였다.

어찌 되었건 이러한 하부 점조직 운영에 따르는 사건 사고는 이 위험한 사업에 뛰어든 광남파가 감내해야 할 리스크 중 하나였다.

그리고 그 불똥은 광남파의 조직원인 오명태에게도 튀었다.

오명태는 광남파가 범죄와의 전쟁을 겪기 전부터 조직에 몸담고 있었던 인물로, OB멤버라면 나름 OB멤버로 쳐 줄만한 위치였다.

다만 OB라곤 하나 그 당시 오명태는 잔심부름이나 하던 양아치에 불과했다 보니, 조직이 재건에 성공한 지금 시점에 와서도 그는 잘해 봐야 중간관리직이고, 시쳇말로 표현하자면 온갖 똥물은 다 뒤집어쓰는 처지에 불과했다.

그럴 때마다 오명태는 조직이 한 방 크게 먹었을 때 손을 씻어야 했다고 자책했지만 이렇다 할 기술도, 중학교 졸업, 고교 중퇴라는 자신의 학력으로는 가족을 부양하기에도 힘들었으니 그로선 이 또한 가장의 무게라며 자신을 채찍질할 수밖에 없었다.

'애당초 발을 들이면 안 됐던 거지.'

하지만 자신이 광남파에 있지 않았더라면 지금의 아내며 얼마 전에 얻은 눈에 넣어도 아프지 않을 자신의 아이는 만나 보지도 못했을 것이다.

그래서 오명태는 지금 같은 상황이면 지갑 속에 간직해 둔 아내의 사진을 보며 새로 마음을 다잡곤 했다.

'……그렇다고는 하지만 지금 상황은 영 심상치가 않은걸.'

오명태는 상사가 던진 플라스틱 재떨이에 맞은 머리를 어루만지며 생각했다.

아무리 생각해도 부산 진출, 그것도 마약을 유통하는 건 광남파의 역량상 위험 부담이 큰, 힘든 일이었다.

그야, 경찰의 감시가 흉흉했던 당시, 조직이 구축한 영업장이며 돈줄을 빼앗긴 광남파 입장에서는 새로운 돈줄을 찾을 필요가 있긴 했다.

문제는 그렇게 해서 찾아낸 것이 마약 유통 사업이었던 점이었다.

해외에서 물 건너 들어오는 마약 유통에는 항만을 끼는 일이 필수적이었고, 광남파로서는 그 항만을 끼고 있는 도시인 부산을 접수하는 일이 필요 불가결했다.

따라서 광남파가 부산에 진출하는 건, 그들이 찾아낸 새로운 돈벌이 수단의 유통을 위해서나 또 유통한 마약을 판매하기 위해서나 필요한 일이었다.

그래서 오명태는 이 제안이 들어왔을 때부터 광남파가 그 일에 따르는 리스크를 감당하는 것이 힘에 부치지 않을까, 우려하고 있었다.

오명태가 우려하는 리스크는 크게 세 가지.

첫째는 마약 유통이라는 사업에 내재된 순수한 위험성.

어느 곳이나 정상적이고 상식적인 정부 조직을 구성하고 있는 건전한 국가라면 마약 유통이나 생산에 엄격한 제재를 가하기 마련이다.

그러니 마약 유통 사업은 돈이 되는 만큼이나 위험 부담을 감수해야 할 일이었다.

둘째는 부산 진출의 어려움이었다.

부산이라고 하면 조폭 도시라고 하는 오명이 뒤따르는 만큼, 부산 조폭은 광남파가 섣불리 건드려선 안 될 놈들이었다.

그 유명한 조성광도 부산 진출은 실패했다는 소문이 팽배한데, 하물며 창원 촌구석에서 간신히 재건에 성공한 광남파야 오죽할까.

아무리 부산 조폭이 범죄와의 전쟁 이후 그 위세가 예전 같지 않다곤 하지만 그건 광남파 역시도 마찬가지였다.

그리고 그가 우려하던 세 번째 일이 이번에 터진 하부 점조직의 방식이었다.

마약을 상품으로 취급했을 때, 그 상품은 생산자와 유통자, 판매자와 소비자 단계로 나아간다.

마피아인지 카르텔인지 어쨌건 광남파에 마약을 밀어 넣

는 놈들을 그 생산자라고 할 때, 광남파는 그 마약의 유통자라 하겠다.

그리고 광남파는 이 1차 유통물을 하부 점조직에 넘기는데, 이들이 바로 광남파의 판매자였다.

광남파의 마약 사업 수익은 하부 점조직으로 이루어진 판매자를 통해 얻으며, 판매자들은 소비자를 통해 광남파가 대주는 물건 대금과 차익을 얻었다.

하지만 하부 점조직을 통한 판매 방식은 그 은밀성에 뒤따르는 통제 방식이 갖춰지지 않는 방식이기도 했다.

더욱이 광남파의 본거지는 창원으로, 부산과는 멀다면 멀고 가깝다면 가까운 곳이기는 하나, 부산은 엄밀히 말해 광남파의 손길이 직접적으로 미치지는 않는 도시이기도 했다.

그야 부산에 명목상 하부 관리 조직을 만들어 두기는 했으나, 부산 조폭의 눈을 피하기 위해선 그 덩치에도 한계가 있었다.

그리고 결국, 그토록 신중에 신중을 기해 왔건만 놈들은 멋대로 일을 저질러 감히 조폭을 건드리고 말았다.

'서울에서 온 손님이라고는 했지만…… 어쨌건 꽤 날고 긴다는 부산 조폭의 손님 자격으로 온 인간인데.'

그토록 오래 전부터 부산에 제대로 정착하기 전까지는 만전을 기해야 한다는 충언(?)을 날려 온 오명태였지만, 그럴 때마다 오명태는 머리로 플라스틱 재떨이를 받아 내야만 했다.

게다가 실제로 마약은 광남파에게 큰 돈줄이 되어 이제 광남파는 마약 유통을 빼놓곤 조직을 유지하기도 힘들 지경에 이르렀고, 이 사업이 성과를 올려 승승장구할 때마다 '내가 말하지 않았냐'며 상사의 비아냥거리는 시선을 감내해야 했던 건 덤이다.

그야말로 반짝 히트한 특화 사업에 목매는 기업의 전형이었다.

심지어 광남파는 이 마약 유통 사업이 그들의 독점 사업이나 매한가지라고 생각할 지경이었으니, 그 하늘 높은 줄 모르고 치솟는 자신감이야 오죽할까.

그런 한편 마약 유통업은 사실 독이나 마찬가지였다.

그건 익히 알려진 마약이 인체에 끼치는 해로운 작용 때문만이 아닌, 이를 유통하는 광남파 입장에서도 그러했단 의미였다.

그들에게 마약을 유통하는 공급책은 조금씩 '필요 최소 물량'을 늘려갔고, 이미 마약이 돈벌이가 된다는 걸 안 광남파는 그 물량에 필요한 대금을 맞추느라 무리수를 던졌다.

상부에서는 늘어난 물량만큼 팔아치우면 그만큼 더 돈이 된다는 생각으로 그 제안을 덥석 받아들였지만, 깨닫고 보니 그 상승세가 꽤나 가팔랐다.

그런 상황에 유통자인 광남파는 어느새 이들, 생산자가 밀어 넣는 물건의 과잉 공급을 감당해야 할 처지에 놓였다.

정상적인 회사라면 이 과잉 생산된 상품의 제작 수량을 조절하거나 납품량을 줄이는 방식을 택하겠지만, 유통자인 광남파나 생산자인 물 건너 해외 깡패들은 정상적인 회사와 거리가 먼 놈들이었다.

하물며 생산자가 물건 대금을 내지 않으면 공급을 끊어 버리겠다고 뻗대 가며 나오는 이상, 광남파로선 어떻게든 물건을 맞출 필요가 생겼다.

자고로 물건이 들어오면 그 물건을 팔아 치워야 돈이 생긴다는 것쯤은 어린애도 아는 기본 상식이다.

그래서 광남파는 물건을 '더 많이 팔아 치우기 위해' 그 부담을 판매자에게 떠넘겼다.

그러다 보니 판매자인 하부 점조직 입장에서는 이 과잉 공급을 어떻게든 맞춰 수요를 창출할 필요가 있었고, 자연스레 그들의 영업도 차츰 과감해졌다.

하부 점조직이—서울에서 왔다고는 하지만—조폭에게 마약을 팔아 치우려 했던 것도, 이런 시각에서 보면 결국 언젠가는 터지고 말 참사였던 것이다.

게다가 그뿐이면 모르겠지만, 그 상황에 지레 겁을 먹은 놈들이 가장 간단한 입막음 방식을 택했다가 낭패를 보고 만 것이 이번 사태의 전말이었던 것이다.

상부로부터 '그나마 우리 중엔 네가 머리가 잘 돌아가는 편이니까' 하며 부산 조직 관리를 담당하고 있던 오명태는 자신에게 뛴 이 똥물을 어떻게 처리하면 좋을지 고민이 깊었다.

'쓥, 권리는 없고 책임뿐인 자리라니까.'

물론 그런 푸념도 늘어놓지 못할 만큼 심각한 상황이긴 했지만.

부우웅.

그때 오명태의, 그가 아내의 잔소리를 들어가며 큰 맘 먹고 장만한 핸드폰이 진동을 울려 댔다.

'이 시간에 누구지?'

잠깐 생각했던 오명태는 형님들한테 깨지고 온 게 방금 전이니, 혹시 아내인가 싶어 미소 띤 얼굴로 전화를 받았다.

이거 참, 잔소리할 때는 언제고 제일 애용한다니까.

"여보세요."

─안녕하세요, 오명태 씨. 김철수입니다.

……이런.

사랑하는 아내는커녕, 전혀 달갑지 않은 전화였다.

그러잖아도 김철수란 인물을 대하는 일이 상당히 껄끄러웠던 오명태는 입안이 바싹 마르는 걸 느끼며 입을 뗐다.

"예, 무슨 일이십니까?"

─하하, 아뇨. 그냥 잘 지내고 계신지 궁금해서요.

김철수 정도 되는 인간이 자신에게 그냥 안부 인사나 하려고 전화를 걸었을 리 만무했지만, 오명태는 표면상 사근사근하게 그 인사를 받았다.

"아, 예. 신경 써 주신 덕분에."

―그렇습니까?

수화기 너머 김철수의 어조가 변했다.

―저는 오명태 씨 측이 꽤 곤란한 상황에 처했단 이야기를 들었는데…… 단순한 소문이었던 모양이군요.

오명태는 자신의 표정이 일그러지는 걸 느꼈지만, 다행히 상대는 자신의 얼굴을 알 수 없는 위치였다.

"글쎄요, 무슨 말씀인지 저는 잘……."

일단 면피성 발언으로 잡아뗐더니 김철수가 말을 잘라 가며 말했다.

―그러면 오명태 씨가 보기에 부산에서 터진 이번 상황은 아무 문제도 되지 않는단 말씀입니까?

그 소문이 김철수 귀에도 들어간 건가.

'역시, 다 알고서 하는 이야기였군.'

이쯤하면 잡아떼는 것도 힘겹다.

'……정말이지, 싫은 인간이다.'

김철수는 광남파가 재건할 당시 조직에 합류한 인물이지만, 엄밀히 말하면 광남파에 속해 있지 않은 부외자 격의 위치였다.

그럼에도 그가 광남파의 경영(?)에 사사건건 간섭할 수 있었던 까닭은 그가 현재 광남파의 주력 상품인 마약 밀매를 알선해 주었기 때문으로, 자연히 김철수를 향한 조직 상층부의 신뢰는 그만큼 두터웠다.

'뭐라더라, 스스로를 일컬어 에이전시 비슷한 거라고 했던
가.'

어쨌건 김철수는 광남파와 해외 조직 사이에서 그들이 취
급하는 마약 공급의 중간 다리를 놓아 주는 입장이다 보니,
오명태는 '당신이 관여할 바가 아닙니다' 하고 말하고 싶은
걸 꾹 눌러 참으며 김철수의 말을 받았다.

"그 문제는 지금 조직 내부에서 논의 중입니다."

—역시 그랬군요. 하지만 뭔가 뚜렷한 방책은 나오지 않은 상황이죠?

"……."

이 인간까지 힐난에 숟가락을 얹으려 나서는 것인가.

'혹시 이번 기회에 나를 좌천시키고, 그 자리에 본인이 직
접 앉으려고……?'

아니 김철수란 인간은 이미 그런 쓸데없는 일을 하지 않고
도 조직 내에 충분히 영향력을 행사할 수 있는 위치다.

김철수의 의중을 생각하느라 잠시 말하는 걸 깜빡했더니
수화기 너머 김철수의 목소리가 이어졌다.

—솔직히 말씀드리면 그 문제로 저도 꽤 곤경에 처했습니다.

부외자에 불과한 김철수가 곤란할 게 뭐가 있겠나, 싶었지
만.

—오명태 씨 본의는 아니었겠지만 그쪽 애들이 건드린 사람이 거물인
모양이어서요.

거물?

─제 정보통에 의하면 말입니다만, 동석했던 사람이 부산 봉식이파의 넘버 투인 서동호와 부산에서 꽤 먹어 주는 마순태 회장의 조카랍니다. 모르긴 몰라도 그런 면면들과 함께했다니, 이거 참 난감하네요.

"……."

적을 알고 나를 알면 어떻다는 말이 있듯, 오명태도 부산 조폭의 위계가 어떻게 되는지 정도는 잘 알고 있다.

하물며─지금은 한물갔단 이야기가 들리지만─그 마순태의 조카와 봉식이파의 서동호와 동석했던 인물이라면…….

그냥 그런 부산 조폭을 건드려도 화약고가 폭발할 마당에 그런 거물을 건드렸다?

어쩌면 이번 일은 오명태 본인이 생각하는 이상으로 망한 걸지도 모른다.

상부에서 이 일을 안다면 오명태는 그야말로 자신의 목숨을 내놓아야 할지도 모르는 것이다.

그런 상황이었지만 하늘이 무너져도 솟아날 구멍이 있는 모양인지, 김철수가 조곤조곤 말을 이었다.

─이런 말씀을 드리긴 뭣합니다만 마침 잘됐군요.

마침 잘됐다니?

─괜찮으시다면 그 문제로 잠시 상담을 좀 해 보시겠습니까?

"상담요?"

─예. 공교롭게도 이번에 습격을 당한 인물로 추정되는 분이 제가 몇

다리 건너면 아는 분일 거 같아서요.

그렇게 말하는 걸로 보아, 김철수는 이번에 공격당한 인물이 누구인가 하는 걸 아는 눈치였지만.

그 내용을 본인이 먼저 밝히지 않는 이상은 오명태도 그걸 따져 물을 수 없었다.

"……그럼, 제가 서울로 올라가면 되겠습니까?"

—예? 아뇨, 아뇨.

김철수가 웃었다.

"이 상황에 제가 감히 오명태 씨에게 오라 가라 할 수가 있겠습니까. 창원에서 뵙죠. 때마침 저도 창원에 들를 일이 있었거든요."

"……창원이십니까?"

—예. 이제 막 도착했습니다.

우연일까, 아니면 이번 일조차 그 의중에 놓인 일이었을까.

—그러니 명태 씨만 괜찮으시다면 만나 뵙고 이야기를 나눴으면 합니다만. 어떻게, 괜찮겠습니까?

하지만 김철수가 서울에서 창원까지 몸소 왕래해 주었다니, 오명태로서는 거절할 수 없는 제안이었다.

"……어디서 뵐까요?"

—어디보자……. ××동이 어떨까요?

이거야말로 우연의 일치일까.

김철수가 말한 곳은 마침 자신이 사는 동네 근처이기도 했다.

'아니, 우연이겠지.'

오명태가 고개를 저었다.

창원이란 도시에서 사람 모이는 곳은 다 뻔해서, 사실상 창원 사람들이 만나자고 하면 으레 ××동에서 모이고는 했으니까.

"······알겠습니다. 거기서 뵙죠."

―예. 그럼 그때 뵙겠습니다.

용건을 마치고 전화를 끊으려는데, 김철수가 끼어들었다.

―아 참. 그리고 이번 일은 되도록 비밀로 해 주시면 좋겠습니다.

그 말에 오명태가 움찔했다.

"······비밀로요?"

―예. 저도 되도록 이번 일을 원만하게 수습하고 싶거든요. 따지고 보면 제가 알선한 일 때문에 불거진 일이기도 하니 앞으로도 오명태 씨 회사와 원만한 관계를 이어 갔으면 하는 생각에······.

굳이 그런 말을 하지 않아도 상부에 보고할 생각은 없었던 오명태로선 김철수가 먼저 제안한 것에 찝찝한 기분을 느꼈다.

하지만 창원은 광남파의 나와바리였고, 오명태 본인도 김철수가 자신을 어찌하진 못할 거란 생각에 그 제안을 받아들이기로 했다.

"물론입니다. 그렇게 하죠. 도착하거든 연락드리겠습니다."

오명태와 통화를 마친 김철수가 빙긋 웃으며 운전석의 강이찬을 보았다.

"자, 그렇게 됐습니다."

무슨 일이 있었는지 굳이 설명할 필요 없이 옆자리에서 통화 내용을 다 들었을 테니 알아들으란 소리였다.

그렇다고는 하나.

"광남파와 꽤 긴밀한 관계였던 모양이군요."

강이찬의 힐난 섞인 말을 김철수가 웃으며 받았다.

"하하, 적을 잡으려면 내부에 첩자 하나둘 정도는 있어야 하지 않겠습니까. 어중간하게 덤벼서야 안 하느니만 못하죠."

"……믿을 만한 사람입니까?"

강이찬의 물음에 김철수는 무슨 자신이 모르는 외국어를 듣기라도 한 양 눈을 동그랗게 떴다가 웃음을 터뜨렸다.

"하하, 무슨 말씀을 하시나 했더니. 예, 그래요. 어떤 의미에선 신뢰할 만한 사람입니다."

"……."

질문을 잘못했다.

애당초 김철수는 사람을 믿지 않는, 그런 부류의 인간이다.

그가 믿는 건 각자의 이익과 그 이해관계에서 불거지는 협약뿐.

웃음을 그친 김철수가 말을 이었다.

"오명태 씨는 뭐랄까, 가정적인 사람이거든요."

"……가정적인 사람?"

"예. 오명태 씨는 아리따운 아내와 얼마 전에 본 딸 아이를 지극히 사랑하는 그런 인간입니다. 조폭 주제에 화목한 가정의 가장이라니, 꽤 보기 드물죠?"

김철수의 말을 들으며 강이찬은 욕지기가 나오려는 걸 간신히 참았다.

남의 멀쩡한 가정을 파탄 내는 놈들이 감히 화목한 가정을 영위하고 있다니, 마음 같아선 지금이라도 가속 페달을 밟아 과속하고 싶은 기분이다.

아마, 강이찬이 있는 곳이 시내 한복판이 아니고 이 차의 명의가 SJ컴퍼니의 것이 아니었던들 강이찬은 그렇게 분노를 삭였으리라.

김철수는 살짝 빨라진 차 속도를 느끼곤 빙긋 웃었다.

"어쨌거나 그런 사람이니 약점도 뚜렷합니다. 저희는 그 약점을 잡고 오명태를 '설득'할 거고요. 그런 의미에서는 뭐, 이 상황에 신뢰할 만하다고 평가해도 좋겠죠."

강이찬은 김철수의 말에 미간을 찡그렸다.

제아무리 원수 같은 놈들의 가족이라고는 하나, 강이찬은 그 원한을 그들의 가족에게 전가할 정도로 괴물은 아니었다.

그런 강이찬을 보며 김철수는 '이래서야 요원 자격이 부족하지' 하고 생각하면서 말을 이었다.

"걱정 마세요. 아무리 그래도 강이찬 씨가 싫어할 만한 상황까지는 가지 않을 테니 말입니다. 저희는 단순히 내부의 '조력자'를 구하는 선에서 설득을 마칠 겁니다."

보아하니 광남파 내부 정보는 이미 김철수 손아귀 안에 들어와 있는 모양인데, 이 상황에 광남파의 정보가 필요해 보이지도 않는다.

그러면 그는 오명태란 자를 어떻게 이용하려고 그러는 걸까. 그런 강이찬의 생각을 알고 있다는 듯 김철수가 입을 열었다.

"저는 그를 이번 부산 조폭들과 협상 테이블에 앉힐 생각입니다."

그를 광남파를 단단히 벼르고 있는 부산 조폭들에게 보내겠다니 그건 사실상 죽을 자리로 보내는 일이 아닌가?

"아, 그렇다고 거기서 죽게 내버려 두기엔 아깝죠. 그는 저도 꽤 오랫동안 공들여 관찰해 왔거든요. 오명태 씨는 이후로도 꽤 중히 쓸 생각입니다. ……뭐, 여차하다가 일이 잘못되면 저도 어쩔 수 없지만 말이에요."

김철수의 말은 강이찬이 듣기에도 상당히 대책 없는 발언으로 들렸다.

"어차피 제가 움직이지 않더라도 조직에서는 이런 일에 오명태를 쓸 작정이었을 겁니다. 광남파가 모르는 거라면, 그 오명태가 실은 협상 테이블에서 저희 편을 들어 줄 거란 거죠. 처음부터 협상 테이블이라는 것 자체가 눈속임이고, 광남파는 오명태를 제물로 협상 중에 자리를 뜨려 준비를 할 겁니다. 그때 강이찬 씨와 행동파들은 그때 본거지를 치는 거고요."

"광남파에 꽤 신뢰를 쌓아 두신 모양입니다."

김철수가 빙긋 웃었다.

"사람들은 눈앞에 있는 황금의 반짝임에 눈이 멀면 먼 곳이 보이지 않는 법이거든요."

일반론을 늘어놓은 직후 그가 말을 이었다.

"그건 비단 광남파뿐만이 아니라 부산 조폭들도 마찬가지입니다. 그들은 이번 일로 떨어질 당장의 이익에 눈이 멀어 그 일이 자신들의 목을 옥죄고 말 거란 걸 모르고 있어요. 뭐, 조성광 때에야 발등에 불이 떨어졌으니 연합을 구성했지만, 그런 일이 아니면 부산 조폭들이 이번 일에 무슨 의리가 있어서 다시 연합을 하겠습니까? 다 광남파를 없애도 떨어질 콩고물에나 관심이 있을 뿐이죠."

"……."

김철수는 이 일 이후, 부산 조폭 연합이 광남파의 유산을
두고 내부에서 무너져 내릴 것이라 내다보고 있었다.

　이후 벌어질 일이 그가 말하는 대로 이루어질 거라 보는
건 얼핏 듣기엔 대책 없는 낙관론으로 보였지만, 강이찬이
지켜본 바, 실제로 지금껏 그가 계획한대로 일이 진행되는
걸 보면 마냥 헛소리 취급하고 넘기기 어려웠다.

　'……내 입장에선 상관할 바 아니지.'

　꽤 멀리 돌아오기는 했지만, 이제 광남파가 바로 코앞에
다가왔다.

　돌이켜보면 강이찬 본인도 그런 김철수의 계획 아래 이용
당한 것에 불과했지만 가족의 원수를 갚기 위해서라면 이 이
후 뭐가 어쨌건 자신으로선 알 바 아니라고 생각했다.

　부우웅.

　김철수의 품속에서 핸드폰이 울렸다.

　"생각보다 일찍 온 모양이군요."

　김철수가 웃으며 전화기를 들었다.

　"그럼 이제 가 봅시다."

　10년이면 강산이 변한다고 했지만, 창원은 강이찬이 발길
을 끊은 지 10년도 되지 않은 새 몰라볼 만큼 변모해 있었다.

'원래 저쪽에는 아무것도 없는 벌판이지 않았던가?'

그러다 보니 강이찬이 기억을 더듬어 길을 찾으려 해도 그가 기억하는 창원에 대한 정보는 아무런 도움도 되지 않아 김철수의 도움을 받아 간신히 헤매지 않고 길을 찾을 수 있었다.

××동은 도청 건물과 멀지 않은 곳에 위치한 창원 내 상업 번화가로, 계획도시 특유의 넓은 직선도로를 끼고 가면 나오는 아파트 단지를 사이에 둔 채로 형성되어 있었다.

강이찬은 김철수의 말을 따라 상업단지 갓길에 차를 댄 뒤, 차에서 내려 오명태를 만나러 갔다.

"오명태 씨."

김철수가 먼저 오명태를 알아보고 인사를 건넸다.

"아."

오명태가 고개를 돌렸다.

오명태는 여느 조폭들이 장대한 덩치를 자랑하는 것과 달리 몸이 호리호리하고 마른 편이었다.

강이찬은 그 모습을 보며 오명태가 광남파에서 경력과 실적에 비해 정당한 평가를 받지 못하는 것이 그 외형 때문은 아닐까, 생각했다.

강이찬이 그를 관찰했듯, 오명태 또한 강이찬을 살폈다.

김철수가 이 자리에 다른 사람을 대동할 줄은 몰랐던 오명태는 번화가 불빛이 미치지 않는 그늘에 기댄 강이찬을 물끄러미 쳐다보다가 김철수를 보았다.

"오랜만에 뵙습니다. 그런데 저……."

"소개는 좀 있다가 하죠. 그전에 앉아서 이야기할 만한 곳, 어디 없을까요?"

굳이 찾자면 광남파의 사업장 몇 곳이 번화가에 있긴 하였으나, '남들에게 비밀로' 만나기로 한 판국에 광남파의 영업장을 택할 수는 없었다.

"글쎄요."

오명태는 강이찬을 힐끗거리며 대답했다.

"어디 갈 만한 곳이……."

"아, 저기가 어떨까요. 한가하니 괜찮아 보이는데."

김철수가 어느 건물 지하의 노래연습장 간판을 가리켰다.

"저런 가게면 조용히 대화할 만한 방도 있을 테고, 또 지리적으로 별로 장사도 안 되는 거 같은데요."

"음."

조용히 대화만 나눌 수 있다면 설령 아파트 단지 놀이터라도 상관없었던 오명태는 곧장 고개를 끄덕였다.

"그럽시다."

"좋습니다. 그럼 제가 앞장서죠."

김철수가 앞장서고, 오명태는 그 뒤를 따라 걸으며 자연스럽게 강이찬과 나란히 걷게 되었다.

"처음 뵙겠습니다. 오명태라고 합니다."

오명태가 정중하게 악수를 권했지만 강이찬은 악수를 받기는커녕, 지금 당장이라도 한 대 칠 기세가 느껴져 오명태는 저도 모르게 슬며시 손을 내렸다.

'……뭐 하는 인간이지?'

어찌 됐건 초면부터 자신에게 호의적인 인물이 아니란 것쯤을 알겠다.

'그렇다는 건…… 혹시 이번에 피습당한 조폭의 동료인 건가.'

그제야 자신이 조금 섣불리 움직이고 말았다는 걸 자각한 오명태였지만, 지금은 이 만남을 무를 수도, 달아날 수도 없었다.

이미 그는 자신도 모르는 새 김철수와 저 사내 사이에 낀 형국이 되고 만 것이다.

'나쁘지 않은 이야기가 되기만을 바라야지.'

오명태는 가족을 생각하며 조금 용기를 냈다.

노래연습장에 들어간 김철수는 자연스럽게 방 하나를 말했고, 주인은 무심하게 방을 안내해 준 뒤 제자리로 돌아갔다.

"자, 그러면."

오명태를 사이에 끼고 앉은 김철수는 벽보의 '최신 유행곡'을 힐끗 쳐다보곤 테이블 위의 리모컨으로 그 번호를 꾹꾹 눌렀다.

잠시 후 요즘 라디오에서 이따금 흘러나오곤 하던 SBY의

곡이 흘러나왔고, 이들이 있는 방에선 김철수는 연거푸 예약을 걸어 주인이 'SBY의 팬들인가' 하고 착각할 만큼 SBY 메들리가 쭉 이어지게 됐다.

"조금 시끄럽긴 합니다만 지금부터 진지한 이야기를 나눠 볼까요."

오명태는 유로 비트풍의 중독성 강한 멜로디와 현란한 미러볼 조명이 가득 찬 곳에서 '진지한 이야기'를 나눈다는 것이 퍽 아이러니하다고 생각하며 고개를 끄덕였다.

"……예."

"우선 먼저 못다 한 소개부터 드리죠. 이쪽은 김민수 씨라고 합니다."

김철수까지는 그렇다 쳐도, 김철수에 이어 김민수라니. 서양으로 치면 존 도우나 마찬가지인 작명이었다.

그렇다고 농담이나 주고받을 분위기는 아니니, 이들은 자신 앞에서 의도적으로 가명을 쓰고 있는 것이리라.

오명태가 그 명명에 대해 생각하는 사이 김철수의 말이 이어졌다.

"그리고 여기 계신 민수 씨는 조광 그룹과 긴밀한 관계이기도 합니다."

조광.

그 이름에 오명태는 두 눈을 부릅떴다.

"잠깐, 조광이라면……."

"예. 국내 재계 순위 몇 위라고 하는 그곳이죠."

김철수가 태연하게 말을 이었다.

"덧붙이자면 어젯밤 광남파의 점조직 측에 피습 당했던 분은 조광 그룹의 구봉팔 씨였습니다."

광금후와 엮인 일로 조광에 대해 조금 예의주시하고 있던 오명태는 김철수의 입에서 나온 구봉팔이라는 이름 석 자에 자리에서 벌떡 일어설 뻔했다.

"지금 그게 무슨 말입니까? 구봉팔이 부산에는 왜……."

"알게 뭡니까. 중요한 건 조광에서 내로라하는 구봉팔이 광남파의 하부 조직에 의해 칼침을 맞고 사경을 헤매는 중이라는 점이죠."

구봉팔이 입은 상처란 그렇게까지 심각한 부상은 아니었으나, 여차하면 목숨이 위험할 뻔한 일인 것도 사실이었다.

"뭐, 불행 중 다행으로 목숨은 건졌습니다만 그런 일이 생기는 바람에 조광 그룹이 이번 일에 개입할 명분이 생기고 말았습니다. 명분으로 따지면 '손님'을 지키지 못한 망신을 당한 부산 조폭들 또한 마찬가지고요."

"……."

"하긴, 구봉팔 씨가 그 일로 사망했다면 조광 입장에서는 말 그대로 전면전도 불사했을 테고, 그 과정에 지금 벌어지는 파벌 다툼도 수습되었을 거란 의미에서 보자면 조광 입장에선 어느 쪽이 더 낫다고 말하기 뭣하겠지만 말입니다."

저쪽이 처한 상황은 알겠다.

하지만 그렇다고 한다면, 그런, 저쪽에서도 극비로 취급할 정보를 김철수가 어떻게 알고 있단 말인가.

오명태가 김철수를 노려보았다.

"그런데 김철수 씨가 그걸 어떻게 알고 계신 겁니까?"

"그런 건 오명태 씨가 알 바 아닙니다."

"……무슨."

"지금 오명태 씨가 걱정해야 할 건 본인의 목숨이니까요."

김철수는 웃으며 말하고 있었지만 오명태는 왠지 가슴속에 서늘한 비수가 꽂히는 듯한 느낌을 받았다.

'빌어먹을, 그렇다는 건 김철수는 처음부터 부산 조폭들과 내통을……!'

오명태는 생각을 마치자마자 얼른 자리를 박차고 일어서려 했으나.

"컥!"

순식간에 시야가 빙글 도는 느낌과 부유감을 느끼며, 그는 그대로 그들이 앉은 소파 위에 등을 붙이고 말았다.

김민수(강이찬)가 무릎으로 자신의 흉부를 누르며 서늘한 쇳덩이를 이마에 겨누고 있다는 걸 깨달은 건 그 직후였다.

"에이, 뭡니까. 아직 이야기 중이잖아요."

김철수가 신호를 주자 강이찬은 권총을 겨눈 채 오명태 배 위에서 일어섰다.

"아, 참고로 저건 장난감이 아닙니다. 뭐, 장난감이라 해도 위험하긴 마찬가지겠지만요."

"……."

굳이 말하지 않아도 김민수(강이찬)의 손에 들린 것이 진짜 배기라는 걸, 오명태는 본능적으로 알았다.

그리고 저 사내는 김철수가 신호만 주면 아무런 망설임도 없이 방아쇠를 당길 것이란 것도.

오명태는 김민수(강이찬)가 자신의 왼쪽 가슴—아마도 심장이 있을 법한 위치—에 멍이 들 정도로 권총을 꾹 누르는 걸 느끼며 생각했다.

'당했다.'

하지만 이 비현실적인 상황 때문일까, 오명태는 그 스스로도 놀랄 만큼 냉정하게 입을 뗐다.

"총을 쏘면 그 소리에 주인이 올 텐데?"

"아, 그렇군요. 충고 감사합니다."

김철수는 리모컨을 들어 볼륨을 최대로 높였다.

"……그런다고 바깥까지 총성이 울리지 않을 거 같나?"

"당연히 들리겠죠."

김철수가 시큰둥한 얼굴로 리모컨을 내려놓았다.

"그래도 뭐, 괜찮습니다."

"……뭐?"

김철수가 고개를 돌려 오명태를 보았다.

"설마, 오명태 씨는 제가 무턱대고 아무 가게나 들어온 거라고 생각하셨습니까?"

"……음?"

"지금에서야 밝힙니다만, 사실 이곳도 다 저희 관할 구역입니다. 물론 주인도 저희와 한패죠. 지상으로 올라갈 필요도 없이 가게 뒤편에 쓰레기 버리는 곳이 있거든요. 아마 제가 신호만 주면 가게 문을 닫고 '뒤처리'에 도움을 줄 겁니다."

물론 김철수의 말은 거짓말이었다.

심지어 강이찬조차 김철수의 말을 들으며 하마터면 자신도 그런 것이라 잠시 착각할 정도로, 참 아무렇지도 않게 거짓말을 하는구나 생각했다.

강이찬마저 그럴진대 김철수를 잘 모르는 오명태야 오죽할까.

'생각해 보면 이 장소를 고른 것도 김철수였고…… 비밀 이야기란 단서로 광남과 관할 구역으로 향하는 걸 원천 차단한 것도 그였어.'

그래서 결국 오명태는 일단 저항을 포기했다.

"나한테서 뭘 바라는 거냐?"

"좋습니다. 이제 이야기를 들을 자세가 된 거 같군요. 음, 그나저나 갑자기 반말이시네요? 분명 제가 연상일 텐데."

"……닥쳐."

"이거 왜 이러십니까."

김철수가 웃었다.

"짐작하셨겠지만 저희가 오명태 씨를 죽이려고 했으면 이렇게 영화 속 삼류 악당처럼 저희 계획을 떠들 필요도 없었죠. 저희는 지금 오명태 씨에게 기회를 드리는 겁니다."

하늘이 무너져도 솟아날 구멍이 있다고 했던가, 인정하고 싶진 않았지만 오명태가 김철수의 말에 솔깃한 것도 사실이다.

그래, 말마따나 죽이려면 진작 죽였을 테니, 일단 들어나 보자.

"기회?"

"예. 여기서 저희와 손잡고 광남파를 먹어 보는 게 어떻겠냐 거죠."

다만, 그 내용이 문제였다.

"지, 지금 나더러 조직을 배신하란 말이냐?"

"뭘 새삼스럽게."

김철수가 빙긋 웃었다.

"어차피 지금 벌집을 쑤신 광남파 입장에선 어떻게든 부산 조폭 연합과 협상 자리를 만들려 하고 있을 겁니다. 그리고 그 자리에 오명태 씨를 제물로 바칠 테고요."

"……헛소리."

"이상할 거 없지 않습니까? 부산에 있는 점조직은 오명태 씨의 관할이고, 이번 사태는 그 관리 부재로 인한 산업재해인

걸요. 이 사태에 누군가 한 사람쯤은 마땅히 책임을 져야 할 테고, 오명태 씨야말로 그 일에 적합한 사람이니…… 오명태 씨도 제 말이 허튼소리가 아니란 것쯤은 잘 아실 겁니다."

오명태가 픽 웃었다.

"어디 해 봐. 여기서 나를 죽이면 너희는 광남파뿐만 아니라 경찰들까지 상대해야 할걸?"

"이거 참."

김철수도 맞장구를 치듯 픽 웃었다.

"혹시 광남파에서 오명태 씨가 실종되고 남은 가족을 챙겨 줄 거라 생각 중입니까?"

가족.

저 가증스런 입에서 감히 가족이 언급되다니, 오명태는 강이찬이 총을 겨누고 있는 중인 것도 깜빡 잊은 채 김철수에게 손을 뻗으려 했다.

"이 새끼, 지금…… 커헉!"

그 즉시 강이찬의 손아귀가 오명태의 목젖을 누르는 바람에 채 그는 하려던 욕을 이어 가거나 김철수에게 폭력을 행사하진 못했다.

"휘유."

어렵지 않게 오명태의 손을 피해 낸 김철수가 휘파람을 불었다.

"그나마 광남파 안에서 말이 통하는 분인 줄 알았는데, 그게 아니었던 모양이네요."

"컥, 크륵……."

뿌리치고 싶었지만 김민수(강이찬)는 보기보다 힘이 장사였던 건지, 아니면 힘이 작용하는 원리를 알고 있는 건지 오명태는 눈에 핏줄만 세울 뿐 입도 벙긋하지 못했다.

김철수는 괴로움에 몸부림치는 오명태를 보며 나직이 입을 뗐다.

"××아파트 ×××동 ××××호."

그가 어떻게 자신의 집을?

"어디 보자."

심지어 언제 빼냈는지 김철수의 손에는 오명태가 재킷 안주머니에 넣어 둔 지갑이 들려 있었다.

"그, 그만……."

강이찬은 지금 당장이라도 오명태를 죽일 수 있다는 듯 그 목을 붙잡은 손아귀에 한층 더 힘을 가했고—어쩌면 진심일지도 모른다—오명태는 심장 바로 위 살갗에 총구가 맞닿아 있단 것도 망각한 채 손을 허우적거렸다.

"흠, 아내 분인가 보네요. 미인인데요?"

지갑에서 아내의 사진을 찾아낸 김철수가 미소 띤 얼굴로 그 사진을 오명태의 코앞에 들이밀었다.

"개인적으로 이런 미인이 벌써 미망인이 되면 여러모로 힘들 거 같단 생각이 드는군요."

"컥, 컥……."

"그래도 걱정하실 거 없습니다. 아직 젊고, 또 미인이니 저희가 약간만 도와주면 금방이라도 오명태 씨를 잊고 새로운 삶을……."

그때, 본의 아니게 스치듯 사진을 보자마자 줄곧 무표정하던 강이찬이 두 눈을 크게 부릅뜨더니 김철수의 손에서 아내의 사진을 낚아챘다.

"어라?"

그 직후 퍽, 하고 권총 손잡이로 오명태의 머리를 후려친 강이찬은 곧장 오명태의 이마를 권총으로 꾹 눌렀다.

"잠깐!"

강이찬이 한 일에 고개를 갸웃했던 김철수는 순간, 얼굴에서 웃음기를 지우며 얼른 강이찬의 손에 든 권총을 붙잡고 안전장치를 채웠다.

그러며 권총을 쥔 강이찬의 검지가 파르르 떨리는 걸 본 김철수는 속으로 안도의 한숨을 내쉬었다.

'이 인간, 방금 전엔 진짜 죽이려고 했네.'

까딱했다간, 정말로 총알이 나갈 뻔했다.

'……나 참, 이건 또 뭔 일이래.'

삶이란, 그리고 인연이란 기구하고 묘하게 흘러가기도 하는 법이다.

잘못 본 것이 아니라면, 오명태의 지갑에 있던 사진 속 주인공은 그 행방이 묘연해 죽은 줄로만 알았던 강이찬의 동생이었다.

　'이화가 왜, 여기⋯⋯.'

　강이찬이 거칠게 숨을 들이쉬는 사이 김철수가 나직이 말했다.

　"주세요."

　"⋯⋯."

　"부탁 아닙니다. 총 이리 주세요."

　웃음기를 싹 빼고 말한 김철수의 말에 강이찬은 그제야 냉정을 되찾고 손에 든 권총을 김철수에게 넘겨주었다.

　"좋습니다."

　오명태가 이 잠깐의 갈등 속에서 달아나지 못한 건, 그동안 강이찬의 손에 목이 졸려 멈췄던 호흡을 가다듬느라 제정신을 차릴 수 없었던 까닭이었는데 이제 김철수의 손에 권총이 들어간 이상 그 잠깐의 기회조차 물 건너가고 말았다.

　뿐만 아니라 오명태는 이 벽창호 같은 사내가 아내의 사진을 보자마자 흥분해 덤벼든 까닭이 궁금했다.

　그도 그럴 것이 아내는⋯⋯.

　"자, 그럼 다들 숨 좀 고른 것 같으니까."

　권총을 아래로 내린 김철수가 입을 뗐다.

　"방금은 대체 어떻게 된 일인지, 민수 씨가 먼저 말씀해 주시겠습니까?"

강이찬이 입을 뗐다.

"이화가 왜 여기 있지?"

이화?

김민수(강이찬)가 아내의 예전 이름을 알고 있다는 것에 오명태는 퍼뜩 고개를 들었다.

"당신이 그걸 어떻게……."

"후우."

저 반응을 보니, 자신이 잘못 본 거라거나 닮은 사람은 아니었던 모양이었다.

'이화가 살아 있고, 지금은 저놈의 아내…….'

미러볼 조명 때문일까, 머릿속이 빙글빙글 도는 기분이었다.

강이찬은 가만히 노래방 천장을 올려보다가 리모컨을 들어 신경질적으로 음악을 꺼 버렸다.

노래가 꺼지고 나니 미러볼 조명도, 시끄럽게만 들리던 음악도 멎으며 방 안은 잠시 정적만이 남았다.

"……내 동생이다."

강이찬의 나직한 중얼거림에 오명태는 손자국이 남아 따끔거리는 목덜미를 매만지다 말고 우뚝 몸이 굳었다.

"예?"

"……."

"아니 잠깐. 그렇다는 건, 그쪽의 본명은……."

"강이찬."

그렇다니, 이건 진짜다.

"……그랬군. 살아 있었나."

오명태는 자신이 풋내기이던 시절, 오명태 본인도 직접 본 것은 아니었지만 복수를 한답시고 단신으로 조직에 쳐들어 왔다던 어느 고등학생 이야기를 떠올렸다.

조직은 그 고등학생을 흠씬 두들겨 패 반죽음 상태로 만들어 야산에 묻었다고 했는데, 그 고등학생은 기어코 살아남아 장성하여, 지금 자신의 눈앞에 있었다.

'세상일이란…… 알다가도 모르겠군.'

이후 각자가 생각에 잠겨 한참 동안 이어진 불편한 침묵이 여간 어색했던 모양인지 잠자코 있던 김철수가 끼어들었다.

"어라, 이상한데요. 호적에 오른 오명태 씨 와이프 성함은 강이화 씨가 아니지 않습니까?"

오명태는 그런 것도 알고 있다니 자신은 이미 저들의 손바닥 위였구나, 하고 생각했다.

"그건."

오명태가 크흠, 하고 아픈 목청을 가다듬은 뒤 대답을 이었다.

"당시에는 그럴 필요가 있어서."

"아하, 그랬군요."

김철수가 고개를 끄덕였다.

'왜 못 찾았나 했더니.'

굳이 입 밖에 낼 것도 아니라고 생각해 말하지는 않았지만, 안기부도 강이찬의 '부탁'에 결코 소홀했던 건 아니었다.

안기부 역시 나름대로 최선을 다해 강이찬의 동생, '강이화'를 찾으러 여기저기 수소문을 해 보았으나 그 흔적을 찾지 못했던 것인데.

'어디 보자, 강이화가 광남파에 팔리듯 끌려간 게 몇 년 전이니까…….'

광남파 입장에서는 당시 미성년자이던 강이화에게 '일'을 시키기 위해 널리고 널린 위장 신분을 입수해서 강이화에게 적용시킨 모양이었다.

'그러니 서류만 뒤적여선 찾아낼 턱이 있나.'

짧은 호기심이 해결되고 나니 금세 이 일에 흥미를 잃어버린 김철수는 슬슬 이야기를 본론으로 돌리고 싶었지만.

'저 둘에게 조금 더 시간이 필요하겠군.'

김철수는 고개를 끄덕인 뒤 권총을 뒷주머니에 찔러 넣었다.

"이제 이건 필요 없을 거 같네요. 그럼 저는 음료수나 사 올 테니 사돈끼리 말씀 나누세요."

그 말에 강이찬과 오명태가 그를 물끄러미 쳐다보았다.

"왜요, 뭐. 틀린 말 했습니까?"

김철수는 그 말을 남기고 휘적휘적 발걸음을 옮겼다.

"……."

"……."

김철수가 사라지고 나니, 방 안에는 더욱 불편한 기류만이
남았다.

"……저기."

"……음."

강이찬과 오명태 둘은 동시에 입을 뗐다가 입을 다문 뒤,
오명태가 먼저 말을 이었다.

"그러면 처남……."

"닥쳐."

"……."

강이찬이 진심으로 질색하는 게 보여서 오명태는 잠자코
닥쳤다.

"……그동안 무슨 일이 있었지?"

오명태는 강이찬의 일방적인 반말을 들으며 생각했다.

그보단 그동안 무슨 일이 있었냐니.

오명태야말로 묻고 싶었지만 명분으로나 입장으로나 대화
의 주도권은 분명 저쪽에 있었다.

"어디서부터 말씀을 드려야 할지……."

오명태는 반사적으로 주머니를 뒤적여 담배를 꺼냈다가
움찔하며 말을 이었다.

"저, 담배 좀 태워도 되겠습니까?"

강이찬이 짧게 고개를 끄덕였다.

"감사합니다."

오명태는 담뱃갑을 열어 마침 두 개비만 남은 담배 한 개비를 꺼낸 뒤 강이찬에게 내밀었다.

"……."

그걸 거절하려던 강이찬은 무슨 생각에서인지 담배를 받아 들었고, 오명태가 붙여 준 담뱃불을 순순히 받았다.

"콜록."

평생 담배를 입에 물어 본 적도 없는 강이찬은 기침 후 중얼거렸다.

"이딴 걸 왜 피우는 건지 모르겠군."

"……그러게 말입니다."

"자."

오명태도 강이찬이 붙여 준 불을 얌전히 받았다.

"감사합니다."

담배를 깊게 한 모금 들이쉰 오명태는 그 상태로 잠시 뜸을 들였다가 입을 뗐다.

아무리 가족에게 하는 이야기이라지만 별로 좋은 이야기

도 아니어서, 아내와 만난 이야기를 풀어내는 오명태의 이야기는 짧았다.

당시 가족이 진 빚 대신 강이화를 끌고 온 조직에서는 그녀를 술집에 팔아넘겼다.

그렇다고는 하나 괜찮은 여자가 즐비한 마당에 어지간히 취향이 특이하지 않고서야 애교라곤 눈곱만큼도 없는, 비쩍 마른 꼬맹이를 찾는 손님은 눈 씻고 찾아보려 해도 있을 리 없었다.

아무리 위장 신분을 만들어 주었다곤 하나 술집들이 그런 걸 모를 리 없었고, 단속이 한창인 시국에 미성년자를 쓰는 건 께름칙한 일이다 보니 강이화는 이래저래 조직 입장에서도 애물단지 같은 존재였다.

심지어 모종의 독기마저 품고 있는 강이화를 찾는 손님도, 또 그런 그녀는 '군기'조차 잡히질 않다 보니 조직에서는 애물단지인 강이화의 관리를 오명태에게 떠넘겨 버렸다.

오명태로 하여금 일종의 기둥서방 짓을 하란 뜻이었다.

조직이 간과한 점이라면 그렇게 치워 버린 강이화가 얼마 지나지 않아 미인으로 자랐단 점이었고, 그 상품 가치를 재평가하기 직전에 대대적인 정부 시책으로 조직이 와해되고 말았단 것이었다.

그렇게 되니 다행히 단속은 피했다지만 한동안 몸을 사려야 하는 처지에 조직원들과는 연락도 닿지 않았고, 말만 기둥서방일 뿐 강이화를 관리 감독하는 처지이던 오명태는 입장이 난처했다.

조직의 비호가 없으면, 동거 중인 강이화가 자신이 잠든 사이 식칼로 목을 그어 버려도 그만인 상황이니까.

하지만 원수 같던 조직이 사라지고 말았더니 강이화의 독기도 조금 누그러진 걸까.

어느 날 강이화는 오명태에게 무심히 자신이 끓인 찌개를 내놓았다.

-드세요.

솔직히 맛은 없었고, 그건 지금도 여전하지만, 오늘 아침에 그랬던 것처럼 오명태는 그날 강이화가 차려 준 밥그릇을 깨끗이 비웠다.

"······그렇게 지내다 보니 자연스럽게 정이 쌓이게 되었습니다."

짧은 이야기이긴 했지만 담배 한 개비를 다 태울 정도의 길이는 되었다.

한 모금만 태운 담배를 재떨이에 걸쳐 둔 채 묵묵히 이야기를 듣던 강이찬이 툭하고 물었다.

"혼인신고는?"

"아, 예. 했습니다. 상황이 여의치 않아 결혼식은 못 했습니다만."

"……그게 몇 년 전쯤이지?"

"그러니까……."

"최근은 아니군."

"예. 한 3~4년 전 조직에 다시 들어갔…… 컥!"

강이찬의 주먹이 느닷없이 오명태의 복부에 틀어박혔다.

그래서 오명태는 갑작스런 통증에 숨을 헐떡여야 했다.

"저, 어째서……."

"그땐 미성년자잖아."

"……."

음, 그렇게 말하니 오명태는 스스로 생각해도 맞을 만하다고 생각했다.

그래도 오명태 입장에선 억울하다면 억울한 게, 만일 자신이 혼인 상태로 강이화를 지키지 않았더라면 조직은 그녀로 하여금 다시 강제로 '일'을 시키려 했을 것이다.

게다가 지금은 조직 내 오명태의 위치상, '굳이' 그의 아내 격인 강이화를 술집에 팔아넘기지 않아도 될 상황이기도 하니까.

특히 음심을 담아 그녀를 보곤 하던 상부의 몇몇 개자식들을 생각하면 더더욱.

'그나저나…… 주먹 한번 더럽게 맵군.'

강이찬이 말을 이었다.

"이화는…… 네가 광남파에 다시 들어간 거 알고 있나."

"아뇨."

오명태가 통증에 인상을 찌푸리며 대답했다.

"아내는 단순히 제가 무역업에 종사하고 있단 걸로만 압니다."

무역업이라. 품목만 걸고넘어지지 않으면 딱히 틀린 말은 아니었다.

"게다가 저도 아내가 속으론 저희 조직을 어떻게 생각하는지 알고 있고……."

"그걸 아는 놈이 광남파엘 들어가?"

강이찬의 나직한 힐난에 오명태는 쓴웃음을 지었다.

"어떻게 알고 왔는지 저를 찾아와서…… 마침 저도 돈이 필요했습니다."

"……."

"무슨 생각하시는지 압니다. 저도 입이 열 개라도 할 말이 없습니다, 처남……."

"……."

"아니, 이찬 씨."

솔직히 강이찬도 마음 같아선 이놈을 부산 앞바다에 던져 버리고 동생으로 하여금 그녀가 새 삶을 출발하게 해 주고 싶었지만…….

강이찬은 자신의 손에 들린 동생의 사진을 물끄러미 바라보았다.

사진 속 동생은 가식 없는 미소를 짓고 있었다.

'……그래, 어쨌거나 네가 행복하다면.'

사진을 지갑에 챙긴 강이찬이 다시 입을 뗐다.

"너는 이 일이 끝나면 손 씻어라."

"……."

"무조건."

그 명령조에 가까운 말에도 오명태는 쉽사리 대답할 수 없었다.

손을 씻는다니, 그건 몇 년 전에도 하지 못한 일이었다.

저래 봬도 광남파는 태생부터가 두목인 조두환이 몸소 보여 준 근원적인 의리를 앞세우며 창설된 조직이니 만큼 조직원의 배신이나 이탈은 결코 용납지 않았다.

"……이 일이 끝나기는 하는 겁니까?"

"그래. 이제 곧."

강이찬이 대답했다.

"네가 협상 테이블에 나간 사이 광남파는 정리된다."

강이찬의 간략한 말에서 오명태는 자신이 왜 여기 있는 것인지를 알게 되었다.

그리고 강이찬이 여기 이 자리에 와 있는 까닭까지도.

"저."

"뭐냐."

"……이찬 씨는 어떻게 하실 겁니까?"

강이찬은 잠시 멈칫하곤 깊이 생각에 잠긴 뒤, 대답했다.

"아무것도 바뀔 건 없어. 그대로 간다."

"……이화는 안 만나 보실 겁니까? 바라신다면 지금이라
도……."

강이찬이 고개를 저었다.

"안 돼. 그 애한테 나는 죽은 사람으로 쳐. 나도 이번 일 도
중에 죽을지 모르니까."

"……."

"그러니까 이화한테도 나 만났단 소리는 하지 말고."

알 것 같다.

강이찬이란 사람은 그가 고등학생이던 시절 이미 죽었다
는 것을.

그는 이후부터 지금까지 줄곧, 자신의 목숨 따윈 내던진
채 살아온 것이다.

"걱정하지 마라."

강이찬은 망설이다가, 마지못해하며 오명태의 어깨를 툭,
두드렸다.

"너는 무사할 수 있도록 내가 책임지고 손써 줄 테니까."

"……예."

그럼에도 불구하고 강이찬의 말마따나, 달라진 것은 없었

다.

군이 서로를 알기 전과 달라진 것을 캐자면, 죽을 곳이 뻔한 자리에 나가게 된 자신의 안위가 강이찬과의 인연으로 무사하게 되었단 것뿐.

"아, 그리고."

"예."

"이제부턴 담배도 끊어라."

"……."

덤으로 잔소리가 심할 것 같은 처남이 생겼단 것까지.

한 차례 잔소리를 하고 난 뒤, 강이찬이 자리에서 일어섰다.

"잠시 기다려라."

"아, 잠시만요."

"왜?"

오명태는 잠시 망설이다가 입을 뗐다.

"저…… 이찬 씨는 그렇다 쳐도, 밖에 있는 김철수란 사람은 믿어도 되는 겁니까?"

강이찬은 그 말을 듣고 한 차례 뜸을 들인 뒤 대답했다.

"아니."

"……."

"나도 그 사람이 하는 행동이나 말은 믿지 않아."

"그러면……."

"그래도 사람은 믿지 않지만, 상황은 믿을 수 있지. 그 입장에 지금 너는 필요한 존재다. 그런 필요 가치가 있는 동안은 너에게 해코지를 가할 일은 없을 거다."

그렇게 되는 건가.

"질문은 끝났나?"

"솔직히 묻고 싶은 건 산더미입니다만."

오명태가 쓴웃음을 지었다.

"이 상황에선 적절치 않겠죠."

"……그래."

강이찬은 더 이상 할 말이 없는 걸 확인하곤 방을 나섰다.

"휴우."

노래방에 혼자 남은 오명태는 그가 방을 나가자마자 한숨을 내쉬며 소파에 등을 붙였다.

'이거 참…….'

설마하니 여기서 강이찬을 만나게 될 줄은 꿈에도 몰랐다.

'그동안 어떤 인생을 살아왔을지…….'

기구하기로 따지면 자신도 남들 못지않은 편이라고 생각했던 오명태는 강이찬 앞에서는 명함도 내밀지 못하겠다며 자조적인 웃음까지 지었다.

그렇다고는 하나 강이찬이 실은 누구라는 것을 알게 되었다 한들 그가 자신에게 했던 말 그대로, 상황 자체는 아무것도 바뀔 것 없이 이대로 흘러가게 될 것이다.

'광남파는 머지않아 정리된다.'

다만 의문인 것은 강이찬과 그 동료인 김철수의 정체였다.

생각해 보면, 저 김철수란 인간과 손을 잡은 순간부터 광남파는 이미 저들의 손바닥 위에 놓인 것이나 마찬가지였다.

그는 광남파로 하여금 마약 유통 경로를 개척하게 도와주는 동시에 언젠가 불거지고 말 리스크가 터지길 기다리고 있었으리라.

그렇다면 그들은 어째서 광남파가 이 지경이 될 때까지 내버려 둔 것일까.

그저 단순히 광남파란 조직의 괴멸이 목적이라면 그런 번잡한 방법을 고를 것도 없이 그냥 적당한 때에 일망타진할 수도 있었을 텐데.

'즉, 광남파의 괴멸 그 자체가 목적인 강이찬과 달리 김철수의 목적은 광남파의 괴멸 이후에 있단 것인가.'

광남파도 어디까지나 해외에서 물건을 받아 오는 역할이 고작일 뿐, 마약을 생산하는 위치는 아니었다.

그러니 광남파가 소멸하더라도 그들이 하던 마약 유통 사업은 남는다.

'……그리고 그 바통을 이어 받는 건 부산 조폭 연합이 되겠지.'

그러면 김철수는 처음부터 부산 조폭 연합이 심어 둔 안배였던 것은 아닐까.

하지만 마냥 그렇게 생각하려니 김철수의 행동에 미심쩍은 부분은 한두 개가 아니었다.

'그럴 거면 처음부터 그 정보망을 이용해 부산 조폭 연합에서 마약 유통을 하면 될 일 아니었나?'

굳이 찾자면 처음부터 작정하고 시작한 것과 남이 하고 있던 걸 빼앗는단 명분의 차이를 들 수 있겠으나, 솔직한 말로 연합이란 건 실체가 없는 허깨비다.

그가 진정 누군가의 지시로 마약으로 이익을 보자고 했다면 굳이 지금 계획하는 것처럼 연합이란 간판을 내걸고 이익을 나누는 대신 다른 방식으로 이를 독점할 수도 있을 터인데.

'심지어 이번 일엔 조광 그룹마저 개입해 있는 듯하니……'

조광과 관계를 맺고 있는 것으로 따지면 광남파도 마찬가지였다.

광남파는 그들이 해산하기 전, 조두환이 건축사무소 간판을 내건 건물을 아지트로 삼고 있을 때부터 조광과 거래를 텄고, 그 인연이 지금까지 이어져 광남파는 나름 든든한 뒷배를 마련하고 있었던 것이다.

심지어 광남파와 관계를 트고 있는 광금후는 조광 그룹 내에서도 다섯 손가락 안에 드는 실력자였다.

그리고 조성광 회장의 사망과 연달아 일어난 조설훈, 조지훈 두 형제의 사후, 조광 그룹 내에서 광금후의 입지는 전에 없이 단단해졌다는 이야기를 들은 것이 불과 얼마 전이었다.

이런 상황이다 보니 광남파 내부는 기묘한 낙관론이 팽배했고, 윗선 중엔 그들이 유통하는 마약이—마약 사업을 엄격히 금지한 조성광도 죽었으니—광금후의 줄을 타고 전국 각지로 퍼져 나가는 장밋빛 미래를 그리는 이도 있을 정도였다.

여기서 그들이 간과한 것이라면 갑작스레 유일한 상속자로 거듭난 조세화란 계집아이와 조광 그룹에서 얼마 전부터 급부상하기 시작한 구봉팔이란 인물의 존재였다.

사실, 광남파나 광금후가 그들에 대해 별반 신경 쓰지 않는 것은 자연스러운 일이었다.

조성광의 장남인 조세광이면 모를까, 조세화는 어쨌건 고작 중학생인 계집아이에 불과했고, 오명태 조차도 과거 역사 속 어느 위정자들이 그러했듯 광금후가 어린 군주를 대신해 섭정 통치를 하게 되리라 예상하였다.

하지만 정작 시일이 흘러가는 사이 서울에서 광금후가 조광을 장악했다는 연락이 들려오기는커녕, 조세화가 그 삼광 그룹과 무언가를 하려고 한단 소문이 이곳 경남까지 닿을 정도였다.

그런 소문만으로도 조성광의 사후 연일 하한가를 치던 조광 그룹의 주가가 반짝 반등할 정도였고, 이 바닥에 관심이

지대한 투자자들은 조세화와 그 주변부에 대한 정보를 긁어 모으기 시작했다.

그리고 그들이 발견한 것이 그간 있는 듯 없는 듯 존재감이 희미하던 구봉팔이란 인물이었다.

알아보니 구봉팔은 조설훈과 조지훈의 지분을 나눠받은 상태인 데다 조광 그룹 내에서 꽤 잔뼈가 굵은 인물이었단 것이 알려진 것이다.

'그리고 그 구봉팔이 조세화와 가까운 듯하단 이야기까지.'

구봉팔이라고 하니, 그 주변에선 동시에 이런 소문마저 나돌았다.

'구봉팔이 누군가에게 피습을 당했다.'

이번만큼은 다들 쉬쉬하는 소문인 데다 김철수에게 듣기로 그 구봉팔은 지금 부산에 내려와 있다고 하니―결과적으로 구봉팔은 바로 어젯밤 광남파에 의해 피습을 당했지만―오명태는 구봉팔이 부산에 내려와 있는 연유며 그가 부산 조폭 연합과 물밑 접촉을 하던 중이었단 상황을 어떻게 해석해야 할지 갈피를 잡기가 힘들었다.

'이래서야 누가 적이고 누가 아군인지…….'

광남파의 입장은 차치하고 오명태 입장에서 한 가지 다행인 건, 이 일의 주모자와 일당인 강이찬이 그 처남이었단 점이었다.

그건 주모자도 의도한 바가 아니었을 것이며, 오명태 역시 그런 일과 무관하게 그들이 가족을 들먹이며 협박한 것에 결국 굴복하고 말았을 것임을 감안하면, 결국 '바뀌는 것은 없었다.'

이러니 강이찬을 믿을 수 있다는 것과 별개로 오명태는 김철수란 인간은 믿을 수가 없었다.

'그래도 왠지 이 이상 발을 들이면 위험할 것 같다는 생각이 드는군.'

오명태 본인도 광남파에 대해선 복잡한 심경을 갖고 있었지만, 이미 그 인생에서 최우선 순위는 광남파가 아니었다.

강이찬 또한 이제 더 이상 자신의 복수가 인생 최고의 목표가 아닐 것이다.

'……언젠가, 상황이 정리되는 때에 진득하게 이야기를 나눠 보고 싶군.'

오명태가 잡생각을 하는 사이 강이찬과 김철수가 노래방에서 판매하는 음료수를 사들고 돌아왔다.

꽤 시간이 걸린 것을 보니 아마 그들도 자신이 없는 자리에서 무언가 이야기를 주고받았을 것이지만, 오명태는 일부러 묻지 않았다.

"늦어서 죄송합니다."

김철수는 뻔뻔한 얼굴로 사과하며 자리에 이온 음료수 캔을 놓았다.

김철수가 음료수 캔을 따 한 모금 마신 뒤 말을 이었다.

"상황이 조금 이상하게 흘러가기는 했습니다만, 왠지 오명태 씨의 표정을 보니 저희에게 협조적이실 거란 생각이 드는데요."

"……말씀대로입니다."

오명태가 대답했다.

"이번 일에 제가 할 수 있는 일은 최대한 협조하겠습니다."

"그렇군요. 그나저나."

김철수가 빙긋 웃으며 말했다.

"이제는 다시 존대하시기로 한 건가요?"

"……."

"농담입니다, 농담."

뭐가 우스운지 한 차례 큭큭대며 웃은 김철수가 웃음기를 거둬들였다.

"아무튼 그렇게 됐으니…… 이제부터 오명태 씨가 할 일을 설명해 드리죠."

밤늦게 부산으로 돌아온 강이찬은 호텔 대신 구봉팔이 입원해 있는 병실부터 찾았다.

원칙상 심야 면회는 금지겠지만, 이미 강이찬과 입원한 구봉팔이 누구라는 걸 아는 관계자는 마치 그가 오길 기다렸다는 듯 강이찬의 면회를 쉬이 허락해 주었다.

"늦었군."

구봉팔은 멀쩡하다 못해 따분함을 견디기 힘들었는지 볼멘소리로 강이찬을 맞았다.

그런 구봉팔이니 강이찬도 그의 형식적인 안부는 묻지 않았다.

"죄송합니다, 형님. 일이 조금 많았습니다."

"무슨 일?"

강이찬이 술에 강하다는 건 알고 있지만 보아하니 술을 마신 것 같지도 않고.

강이찬이 의자를 끌어와 앉으며 대답했다.

"꽤 깁니다만…… 시간 순서대로 말씀드리겠습니다."

강이찬은 구봉팔에게 우선 석동출을 대동하고 최봉식 등과 부산 조폭들을 만나러 다닌 일을 담담히 말했다.

최봉식의 오른팔 취급받던 서동호가 한편 뒤로 밀려난 것은 조금 주목할 만했지만, 그 외에는 별로 흥미로울 것도, 또 예상하던 흐름대로의 내용이어서 구봉팔은 강이찬의 이야기를 듣는 내내 끼어드는 일 없이 고개만 끄덕였다.

"그다음 석동출과 단둘이 있을 때, 석동출이 제 상사의 전화를 받았습니다."

다만 그 다음 대목은 구봉팔도 끼어들 법한 내용이었다.

"상사라면…… 안기부 말인가?"

"예. 그가 석동출과 함께 제가 아는 비밀 장소로 와 달란 식으로 말하더군요."

"흠, 과연. 석동출은 예상대로 안기부와 일을 하고 있었던 거군. 그보다, 안기부의 자네 상사는 자네가 부산에 와 있던 걸 이미 알고 있었던 건가?"

"예. 심지어 형님이 어젯밤 피습당한 것까지도 알고 있었 습니다."

그가 자신이 어떻단 걸 파악하고 있었단 대목에 구봉팔은 불쾌감에 미간을 찌푸렸다.

'그렇다고 개인의 목적을 위해 안기부와 따로 움직이고자 했던 강이찬이 그런 걸 보고했을 리는 없고.'

구봉팔이 물었다.

"어떻게 알았다던가?"

"나중에 말씀드릴 내용이었습니다만, 그는 예전부터 광남 파와 연결되어 있었던 모양입니다. 그래서 광남파를 통해 어 젯밤 일을 알았다고, 본인이 밝혔습니다."

그 말을 하는 강이찬의 뉘앙스에서 '그(상사)'가 하는 말을 스스로는 믿지 않는다는 식의 느낌이 전해졌지만 구봉팔은 그에 관해선 가타부타 따져 묻지 않았다.

"……흠, 그랬단 말이지. 그래도 너무하는군. 그렇다면 어 젯밤 일은 그렇다 치더라도 서울에서 내가 공격 받았을 때 귀띔이라도 줄 수 있었던 거 아닌가."

"그건……."

강이찬이 말하기 어렵다는 듯 인상을 찌푸렸다.

"그것과 관련해 제 상사는 이런 말을 하더군요. 서울에서 형님이 피습된 일은 광남파며 광금후가 사주했던 바가 아니었단 식으로요."

구봉팔이 눈썹을 씰룩였다.

"뭐?"

애당초 자신이 부산에 온 이유가 서울에서 습격을 당한 일 때문이었는데, 그게 아니었다니.

"물론 진위 여부는 어느 정도 걸러 들어야 할 듯합니다만, 최소한 제게는 그런 식으로 말했습니다."

"……자네가 보기엔 어떻던가?"

그가 한 말을 믿을 수 있겠느냐는 질문에.

"모르겠습니다."

강이찬은 고개를 저었다.

"거짓말에 워낙 능숙한 사람이어서요."

하긴, 강이찬에게 비밀로 이미 광남파와 접선 중이었다니 구봉팔도 그에 대해 신뢰는 가질 않았다.

'그래도 만약 그 말이 사실이라면, 생각해 볼 문제군.'

그렇다면 과연 누가 자신의 습격을 사주했단 말일까.

결국 그 양아치들을 섭외한 장본인은 밝혀지지 않았다.

그건 양아치들의 입이 유달리 무거워서가 아닌, 그 양아치들조차 자신에게 돈을 주고 의뢰한 의뢰인을 알 수 없게끔 그가 철두철미하게 자신의 존재를 감추었기 때문이었다.

다만 그 철두철미함과 정반대로, 정작 결행 자체는 허술하기 그지없었다.

'⋯⋯이를테면 마치, 일부러 실패하길 알고 있던 것처럼. 그리고 나는 이후 부산으로 왔다. 그건 내 선택이자 결정이었어. 하지만 한편으론⋯⋯.'

그럴 리는 없겠지만, 구봉팔은 왠지 처음부터 그놈의 계획대로 놀아나고 만 것 같단 느낌을 떨치기가 힘들었다.

4장

　물론 여기서 구봉팔이 생각 중인 '그놈'이라 함은 강이찬이 이름을 언급하는 대신 '상사'로 지칭 중인 김철수와 별개의 인물로, 배후에서 이 모든 일을 조종하고 있을지 모를 어느 존재를 가리키는 것이다.

　그리고 구봉팔이 이 일에 대해 남들처럼 '우연의 일치' 또는 김철수가 강이찬에게 언급했듯 '구봉팔 개인에게 원한을 가진 인물' 정도로 생각하지 않은 건, 실제로 그만한 능력과 실적을 발휘한 이성진을 관찰하며 얻은 관찰안의 영향이리라.

　강이찬은 그런 구봉팔을 보며 다시 입을 뗐다.

　"결과론이기는 합니다만, 저도 이번 일은 서울에서 형님이 피습을 당한 것과 별개로 어차피 벌어질 일이었다고 생각합니다."

"……무슨 의미인가?"

"곰곰이 생각해 보니 그렇더군요. 만약 저나 형님이 부산으로 오지 않았다 하더라도 안기부의 계획 자체에는 변함이 없었을 것이고, 제 상사는 계획의 결행 직전에 저를 호출하였을 겁니다."

강이찬의 말도 일리는 있었다.

만약 구봉팔이 피습을 당하지 않았고, 그 일로 이성진이 강이찬에게 휴가를 주지 않았다 하더라도 광남파의 몰락을 통해 국내 조폭 범죄계에 영향력을 행사하고자 한 안기부의 계획에 차질은 빚어지지 않는다.

"하긴, 변수가 있다고 한다면 이번 일에 조광이 어느 정도 선까지 개입하느냐의 여부겠군."

"예. 말씀하셨듯이 형식과 결과는 지금과 조금 다르겠지요. 그래도 안기부에서 계획한 지금 상황을 보면 크게 달라지진 않았을 거 같습니다."

강이찬이 말을 이었다.

"그래서 안기부 입장에서는 이번 기회에 광금후를 배제할 계기를 마련한 것에 만족하는 눈치였습니다."

이번에도 만약이란 단서를 달아야 할 이야기지만, 구봉팔이 피습을 당하지 않았더라면 안기부 입장에선 광남파의 배후에 도사리고 있는 광금후—즉, 조광—의 존재를 의식하지 않기가 힘들었을 것이다.

당사자 앞에서는 이런 말을 할 수는 없겠지만, 안기부 입장에서는 구봉팔이 습격을 당한 덕분에 현재 광남파에 끼치고 있는 광금후의 영향력을 조광 전체의 의사가 아닌, 조광 내부 파벌 다툼으로 분리시켜 일을 보다 수월하게 진행할 명분과 실리를 얻었다.

강이찬이 하고자 한 말을 이해한 구봉팔이 고개를 끄덕였다.

"음, 내가 공격을 당한 게 그쪽 입장에서는 만족스럽겠군 그래. 게다가 그건 서울뿐만이 아니라 내가 어젯밤 부산에서 당한 공격까지도."

"……그 일로 안기부에서는 협상 테이블에 구봉팔 형님이 나가 주었으면 하고 있습니다."

어차피 강이찬이 굳이 그런 말을 하지 않더라도 협상 테이블이 마련된다면 구봉팔 본인이 나설 생각이었지만, 안기부와 '그놈'에게 놀아난 기분이 되고 만 구봉팔은 썩 내키지 않는 얼굴이었다.

"만약 내가 거절한다면?"

"…….."

강이찬은 그 말에 잠시 입을 꾹 다물었다가 다시 입을 열었다.

"저는 형님이 그 자리에 나가 주셨으면 합니다."

"뭐, 조광 입장에서 생각하면 내가 그 자리에 얼굴을 비치는 편이 합리적이긴 하겠지. 하지만 상황을 보아하니 굳이 내가 나가지 않더라도 자네가 바라는 결과엔 변함이 없을 텐데? 심지어 내가 얼굴을 비치지 않더라도 그들에게 공격을 당했다는 내 입장은 변함이 없기도 하고."

구봉팔의 말에는 냉소 속에 묘한 날이 서 있었다.

"게다가 생각해 보면 말이지, 설령 자네의 안기부 상사가 실은 광남파와 내통하고 있었다고 하더라도, 그 피습을 당한 인물이 나라는 것과 자네가 부산에 와 있는 걸 파악하고 있는 것에 대한 대답은 되지 않아."

구봉팔의 거절에는 그 자존심에서 기인한 것 이상의 불신 감도 포함되어 있었던 것이다.

구봉팔이 눈을 가늘게 뜨며 말을 이었다.

"자네, 혹시 이번에 있었던 일을 자네의 안기부 상사에게 보고하고 있었던 건 아닌가?"

그도 아니면 이성진이 안기부와 거래를 트고 있다든가.

아무리 지금은 '협력 관계'라곤 하나, 안기부의 노림수에 놀아나는 건 구봉팔 입장에서 개운치 않은 일이기도 했으니까.

"결코 그렇지 않습니다."

강이찬은 항변 직후 신중하게 말을 이었다.

"실은…… 저도 제 상사에게 그 문제를 물어보았습니다."

"흠, 그래서 뭐라고 하던가?"

"예. 그는 이 일을 조세화…… 아가씨에게 들었다고 하더군요."

강이찬의 대답에 구봉팔은 멈칫했다.

"세화에게?"

"……예."

강이찬은 구봉팔에게 김철수로부터 들은 그들의 거래에 대해 설명했다.

"……그랬단 말이지."

그렇다는 건, 안기부는 조설훈을 살해한 범인 측이 광금후라고 판단하고 있다는 것일 터.

'결국에는 이번에도 내가 피습을 당하건 말건 결과적으로 바뀌는 건 없었군그래.'

구봉팔은 속으로 자조하는 동시에, 부친의 원수를 갚고자 하는 조세화의 처지를 이용하는 안기부의 행태에 치를 떨었다.

'어쨌건 그렇다는 건 내가 서울에서 당한 피습이 말 그대로 내게 개인적인 원한을 품은 인간의 짓이라는 뜻인가.'

구봉팔이 고개를 저었다.

뭐가 되었건 간에 조세화가 그러고자 했다면, 자신은 그걸 말릴 수도, 말릴 생각도 없다.

"아무튼 알겠네. 기분은 불쾌하지만."

"그러면 그 자리에 나가 주시는 건은……."

"아니, 그거랑 이건 별개야. 듣자니 어차피 내가 그 자리에 없어도 상관없을 거 같군. 그리고 어차피 자네의 그 부탁이란 것도 안기부의 명령 때문일 것이고. 이 마당에 나까지 그자의 술수에 놀아날 생각은 없네."

혹시 이 모든 것이 어느 누군가의 계획 아래에 놓인 것은 아닐까 하는 의심암귀에 빠진 구봉팔의 냉소에 강이찬이 고개를 저었다.

"아닙니다. 협상 테이블에 형님이 나가 주시길 바라는 건…… 제 개인적인 바람입니다."

"……개인적인 바람?"

이건 또 무슨 소린가, 하고 구봉팔이 생각하는데, 강이찬이 잠시 뜸을 들였다가 대답했다.

"만약 협상 테이블로 가실 일이 있다면 형님께 개인적으로 부탁드릴 것이 있습니다."

강이찬이 남에게 '부탁'을 하는 건 광남파를 치는 일에 손을 빌려 달라고 했을 때와 지금이 전부였다.

그래서 구봉팔은 지금 느끼는 불쾌감은 차치하고 강이찬의 '개인적인 바람'이 무엇인지 조금 흥미가 동했다.

"일단 말해 보게."

"예. 실은…… 순차적으로 말씀드리려 했습니다만 조금 앞당기겠습니다. 저는 방금 전까지 제 매제를 만나고 오는 길이었습니다."

구봉팔은 강이찬의 입에서 나온 '매제(妹弟)'라는 단어가 자신이 알고 있는 그 단어가 맞는지 잠시 헷갈려서 당장 불쾌한 기분도 깜빡하고 되물었다.

"매제?"

"예. 동생의 남편 말입니다."

"내가 잘못 들은 게 아니었군."

구봉팔이 얼떨떨한 얼굴로 질문을 이어 갔다.

"이 상황에 매제를 만났다니, 도대체 어떻게 된 일인가?"

"……말 그대로 우연이라고밖에는 생각하기 힘든 일입니다만."

그러며 강이찬은 담담히 오명태를 만났던 일을 구봉팔에게 털어놓았다.

강이찬의 이야기를 들은 구봉팔은 이 어처구니없는 일에 황당함 반, 기쁨 반이 묻어난 얼굴로 고개를 끄덕였다.

"이거 참…… 세상에 별일도 다 있군."

"저도 그렇게 생각하고 있습니다."

끄나풀로 써먹으려 협박하러 간 상대가 실은 죽은 줄로만 알았던 동생의 남편이었다니, 구봉팔은 이 일을 어떻게 해석해야 할지 몰라 어안이 벙벙했지만.

"아 참, 이 말을 깜빡했네, 그래. 축하하네."

죽은 줄 알았던 동생이 살아 있었다는 것엔 축하를 해야 마땅했다.

"······감사합니다."

강이찬은 담백하게 감사 인사를 했다.

'우연보다는 인연, 인가.'

보아하니 정말로 이번 일은 안기부에서도 예상하지 못한 일이었던 모양이고.

'만약 그들이 그런 사실조차 알고 있었다면 강이찬을 좀 더 수월하게 이용해 먹을 수 있었을 터이나, 그러지 않았으니까.'

구봉팔이 고개를 끄덕였다.

"그렇다면 알겠네. 다만 그러면······."

고개를 끄덕인 구봉팔이 조심스럽게 운을 뗐다.

"자네, 이번 일에서는 빠지는 게 어떤가?"

강이찬의 실력이 일품이라는 것쯤은 구봉팔도 잘 알고 있지만, 그렇다고 자만해선 안 될 일이었다.

광남파의 본거지를 치는 일은 강이찬에게도 리스크를 감수해야 할 일이었고, 어쩌면 그곳엔 조설훈을 살해한 프로가 조두환을 지키고 있을지도 모를 일 아닌가.

게다가 구봉팔의 예상에 상대는 어쩌면 권총으로 무장하고 있을지도 모른다.

구봉팔의 신중한 제안에 강이찬이 고개를 저었다.

"아닙니다. 그래도 놈들이 제 부모님의 원수인 것 자체는 변함이 없으니까요. 그 매듭은 제가 마무리 지어야 한다고 생각합니다."

"……."

구봉팔은 두 번 이상은 말리지 않았다.

모르긴 몰라도 강이찬은 광남파에 복수하고자 하는 일념으로 여기까지 온 인물이다.

그런 그에게 일신상의 안위를 위해서 인생의 의미를 빼앗는 짓만큼은 구봉팔도 차마 강권할 수 없었던 것이다.

"알겠네. 자네 뜻이 그러하다면야. 그럼 나는 협상 테이블에서 자네의 매제를 지켜 주어야겠군."

"……이해해 주셔서 감사합니다."

"아니, 응당 그래야지. 자네가 나라도 그러했을 테니까. 오히려 마음 같아서는 자네들이 광남파 본거지를 치는 데 힘을 보태고 싶을 지경이야."

"……."

구봉팔의 말에 강이찬은 당당하게 '예.' 하고 대답할 수 없는 자신을 조금 자책했지만, 구봉팔은 그런 강이찬의 속내를 얼추 파악했으면서도 아무런 말도 하지 않았다.

"어쨌거나."

구봉팔이 말을 이었다.

"그러면 그 작전은 언제쯤 시작될 거 같은가?"

"예, 아마 지금 예상으론 조광의 주주총회 전후쯤으로 생각 중입니다."

구봉팔이 고개를 끄덕였다.

"조만간이로군."

이번 일은 광금후도 정신을 못 차릴 만큼 단박에 휘몰아쳐야 할 일일 테니까.

그러자면 조만간 있을 조광 그룹 주주총회를 전후한 때가 작전 시기로 적격이었다.

"예. 그리고……."

구봉팔은 강이찬이 무슨 말을 하려는지 안다는 듯 손을 휘휘 저었다.

"자네는 미신으로 치부할지도 모르지만 그런 건 입 밖에 내지도 말게. 말이 씨가 되는 법이니까."

"……예."

강이찬이 하고자 한 말은 '만약 이번 일에서 자신이 잘못된다면…….'으로 시작하는 말이었기에 구봉팔의 예측은 정확했다.

"아무튼 알겠네. 고생 많았어. 오늘은 자네도 피곤한 일투성이었을 테니 이만 호텔로 가서 푹 쉬게나."

구봉팔의 말에 강이찬은 고개를 끄덕였다.

"알겠습니다. 그럼 내일 뵙겠습니다."

"음. 아, 참. 오늘 있었던 일은 이성진에게 보고할 건가?"

강이찬이 멈춰 선 채 생각하다가 대답했다.

"잘 모르겠습니다만, 그래도 보고는 해야 하지 않겠습니까?"

"아니. 내 생각엔 말하지 않는 게 좋겠군."

"……사장님께 이 일을 비밀로 하란 말씀입니까?"

구봉팔이 고개를 끄덕였다.

"음. 우리 사장님께서는 워낙 인재를 아끼는 분이니 이 일로 자네가 뭘 어떻게 하려고 한다는 걸 아신다면 가능한 온갖 수단을 동원해 이번 일을 취소시킬 테니 말이야."

이성진이 어떻게 행동할지 뻔하다는 듯한 구봉팔의 말에 강이찬이 쓴웃음을 지었다.

"저도 그렇게 생각합니다."

이성진이 이번 강이찬의 휴가에 바라는 점은 어디까지나 '정보 수집'이었다. 실제로 이성진은 이번 휴가를 허락하면서 강이찬이 무턱대고 광남파로 쳐들어가지 않게끔 은근슬쩍 그 곁에 '억제기'로 구봉팔을 붙여 두었다.

그러니 강이찬과 구봉팔도 그런 이성진의 심정을 모르지 않았다.

하지만 그런 이성진의 의도와 달리 갑작스럽게 펼쳐진 현 상황으로 인해 강이찬의 휴가는 그가 자신의 손에 피를 묻히는 것으로 끝맺어질 것이었다.

그리고 여기에는 그들이 착각하는 것이 있었는데, 그건 다름 아닌 이성진은 구봉팔과 강이찬이 우려하는 '유령'의 정체가 무언지 알고 있다는 것과, 일이 이렇게 풀려 갈 것임을 이미 내다보고 김철수에게 조언까지 해 주었다는 점이었다.

·

'김포 공항은 오랜만인걸.'

백하윤과 함께 입국 수속을 마친 크리스는 새삼스런 감회에 젖어 출구 근처를 두리번거리다가 숨을 깊이 들이마셨다.

'김치 냄새!'

각 국가 공항에는 그 나라 특유의 향취가 배기 마련으로, 김포공항에서 느껴지는 것은 김치 냄새였다.

'……그래도 이번만큼은 그게 싫지 않군.'

예전 같으면 인상부터 찌푸리고 보았겠지만, 이번엔 이 냄새에서 불쾌감보단 모종의 노스텔지어를 느낀 크리스였다.

'……아, 된장찌개에 밥이 당긴다.'

옛날 같으면 쳐다보지도 않을 음식인데, 어째 지금은 그 빈궁한 음식이 당기는 크리스였다.

백하윤은 그 자리에 멈춰 서서 눈을 지그시 감고 있는 크리스를 쓴웃음을 띤 채 보았다.

"계속 서 있을 건가요?"

"……아, 죄송합니다."

크리스는 퍼뜩 정신을 차리며 겸연쩍어하는 얼굴로 백하윤을 보았다.

"왠지 여기가 한국이구나, 하는 생각이 들어서요."

"그래요. 크리스한테는 어머니의 고국이니까, 유전자에 각

인된 기억 같은 게 있을지도 모르겠네요."

재미교포 2세대인 생물학적 모친의 고향 따위 알 바 아니었지만 백하윤의 말에 크리스는 일부러 고개를 갸웃했다.

"유전자…… 각인?"

"미안해요. 나도 모르게 어려운 말을 했네."

백하윤이 웃었다.

"크리스가 아직 한국어에 서툴다는 걸 깜빡했지 뭐예요. 평소 크리스가 워낙 되바라진 모습을 보이다 보니 나도 깜빡하곤 하네."

"……네."

그래, 한 번씩 이런 연기는 필요 불가결이지. 꼬맹이가 너무 똑똑해도 의심을 사는 법이거든.

"그럼 이만 가 보죠. 저는 오늘 조금 바쁘게 움직여야 하니까요."

"네, 선생님."

크리스는 백하윤의 뒤를 따라 캐리어를 돌돌거리며 발걸음을 옮겼다.

"대표님!"

출구를 나오자마자 멀찌감치 백하윤을 알아보았던 그녀의 비서가 손을 흔들었다.

"어서 오세요. 여행길이 피곤하지는 않으셨습니까?"

"퍼스트 클래스였는데요, 뭘."

백하윤은 비서의 말을 담담히 받은 뒤, 크리스를 향해 호기심 가득한 눈길을 보내는 그녀의 얼굴을 잠깐 살폈다가 크리스의 어깨 위로 가볍게 손을 얹었다.

"저보다는 여기, 크리스를 걱정해야죠. 바다 건너 여행은 이번이 처음이거든요. 크리스, 이쪽은 제 비서인 김유정 씨예요."

크리스는 백하윤에게 배웠다는 듯 고개를 숙이며 예의바르게, 조금 어눌한 한국어로 인사했다.

"안녕하세요."

"안녕, 네가 크리스구나."

그러잖아도 멀리서 백하윤과 함께 있던 꼬맹이를 보고 '참 예쁜 아이다.' 하고 생각했던 김유정은 가까이서 크리스를 보며 마치 인형처럼 예쁜 아이라는 걸 새삼 깨달았다.

찰랑이는 검은 머리에 파란 눈을 한 크리스는 이국적인 이목구비가 주먹만 한 얼굴에 오밀조밀하게 자리 잡고 있어서, 누가 보아도 예쁜 아이라 생각할 만했다.

'게다가 바이올린 실력까지…….'

사전에 백하윤이 보여 준 비디오테이프를 통해 그 실력까지 본 김유미는 어떻게 이국만리에서 이런 아이를 발견할 수 있었는지 내심 감탄하며 입을 뗐다.

"언니는…… 아 참, 영어로 해야겠지? Hello, I'm……."

백하윤은 비서가 열심히 준비했을 법한—그래도 떠듬거리

는 건 어쩔 수 없는—영어를 들으며 픽 웃었다.

"그럴 것 없어요. 크리스는 한국어 꽤 잘하니까."

"어머, 정말요?"

"네. 그리고 유미 씨, 크리스에겐 될 수 있으면 한국어를 써 주세요. 그래도 아직 어색한 점이 조금 있으니까, 지금부터 조금씩 배워 나갈 수 있게."

크리스는 말없이 고개를 끄덕였고, 김유미는 웃는 얼굴로 크리스와 눈높이를 맞췄다.

"음, 언니는 여기 계신 백하윤 대표님 비서인 김유미라고 해. 만나서 반가워."

"크리스티나 밀러입니다. 크리스라고 불러 주세요, 언니."

크리스의 또박또박한 한국어를 들으며 김유미는 그 깜찍함에 입을 틀어막았다.

'어머, 어떡해, 너무 귀여워!'

나 원 참.

'하긴, 이 시대엔 한국어 잘하는 외국인 꼬맹이라는 존재부터가 호감도를 먹고 들어가긴 하겠지만…… 이건 좀 과하군.'

크리스는 그런 김유미를 무표정한 얼굴로 보다가 미소 띤 얼굴로 백하윤을 보았다.

"선생님, 이제 선생님 집으로 가나요?"

"크리스, 이럴 땐 '집'이 아니라 '댁'이라고 해야죠."

"네, 선생님."

"일단 대답하자면…… 크리스, 혹시 피곤하지는 않아요?"

솔직히 피곤하기는 했다.

백하윤을 따라 퍼스트 클래스를 타고 한국행 비행기에 올랐던 크리스였지만, 예전 같으면 기내 서비스로 제공하는 와인을 마시고 얼큰하게 취해 한숨 잤을 텐데 이번엔 그러지 못해 잠들지 못하고 계속 몸을 뒤척였던 것이다.

"저는 괜찮……."

크리스는 대답하려다 하필 이때 하품이 나오려는 걸 참느라 고생했다.

"……아요."

하지만 그런 크리스도 하품 눈물이 찔끔 나오는 걸 막을 수는 없었다.

"억지로 참을 필요 없어요. 시차도 다르고 피곤한 게 당연하니까."

백하윤이 웃음을 참으며 김유미를 보았다.

"그렇게 됐으니 수고스럽겠지만 유미 씨는 크리스가 휴식을 취할 수 있게 저희 집에 데려다주세요."

"네, 대표님."

마음 같아선 지금이라도 정보를 수집하고 싶었던 크리스였지만, 아직 어린애에 불과한 이놈의 몸뚱이가 말을 듣질 않는다.

'어쩔 수 없군. 지금은 그 말을 따를 수밖에.'

하다못해 인터넷이라도 있으면 모를까, 이 시대에는 그걸 기대하기도 쉽지 않고.

이후 크리스와 백하윤은 김유미의 인솔을 따라 공항 주차장에 세워 둔 법인 차량에 올라탔다.

뒷좌석 옆자리에 크리스를 앉힌 백하윤은 운전석의 김유미가 차를 몰기도 전에 김유미가 건넨 서류부터 집어 들었다.

백하윤도 이번 갑작스런 출장으로 인해 회사 일이 산더미처럼 쌓인 것이다.

"그럼 잠시 자 두세요. 저는 서류 검토할 게 있으니까."

"네, 선생님."

피곤하기는 한데, 잠이 올까 모르겠군.

대답은 곧잘 했지만 크리스는 가만히 창밖을 바라보았다.

'90년대 말 대한민국이라.'

피곤한 몸과 달리 머릿속은 맑고 또렷한 것이 어째 싱숭생숭한 기분이었다.

'여기까지 우여곡절은 많았지만…… 이제부터가 시작인가.'

차창 밖을 바라보는 크리스의 눈이 이채를 발하며 반짝 빛났다.

'일단 이번 세계의 이성진이 어떤 상황인지부터 알아봐야겠는데.'

그래도 이렇다 할 인터넷도 없는 시대에 어떻게 알아보면 좋을지.

"크리스."

억, 깜빡 졸았다.

크리스는 반사적으로 스릅, 하며 입가의 침을 닦았다.

"안 잤어요, 선생님."

안 자긴, 새근새근 잘도 잤으면서.

백하윤은 그런 크리스를 보며 귀여운 손주를 대하듯 웃었다가 슬쩍 미소를 거뒀다.

"저는 회사로 가 볼 테니까, 크리스는 유미 씨랑 저희 집에 가서 쉬고 계세요. 저녁은 함께 들기로 하죠."

"네, 선생님."

크리스는 대답 후 물었다.

"혹시 저녁은 이성진이란 사람이랑 먹나요?"

"아뇨, 저도 그랬으면 싶은데."

백하윤이 쓴웃음을 지었다.

"그 애, 요즘 꽤나 바쁜 모양이거든요. 원래라면 공항 마중도 나오기로 했는데…… 이래저래 일이 밀리다 보니 그 사이 개학도 해 버렸고."

하기야, 시기상 그럴 때이긴 했다.

'흠, 어쨌건 학교는 성실히 다니는 모양이군.'

미국에서 백하윤과 함께 지내며 이래저래 이성진에 대한 이야기는 들어왔지만, 백하윤에게서 얻을 수 있는 정보는 그녀가 크리스에 대해 생각하는 눈높이에 맞춘, 단편적인 정보가 고작이었다.

'성실하고 어른스러운 아이, 라고 했지.'

하지만 그것만 들어선 어디 누구에게나 전할 법한 이야기여서 별반 도움이 되질 않았다.

'그렇다고 내 입장상 꼬치꼬치 캐묻기도 뭣하니, 관련 정보는 따로 알아봐야겠어.'

잠시 생각하던 크리스는 고개를 갸웃했다.

"많이 바쁜가요?"

백하윤은 크리스가 이성진에 대해 관심을 기울이는 게 자신이 미국에서부터 바람을 불어넣은 영향인가, 생각하며 대답했다.

"예. 그 애한테 듣기로는 조광 그룹 임시 주주총회 건으로 정신이 없다던가."

백하윤은 그렇게 말한 뒤 살짝 미소를 지었다.

"크리스에게 할 말은 아니군요."

"……네."

하지만 크리스는 속으로 이게 무슨 소린가, 하고 생각했다.

'조광 그룹의 임시 주주총회? 이성진이 그 일로 바쁠 게 뭐가 있는 거지?'

게다가 조광이라고 하면.

'……그리고 시기상 조성광은 이미 죽었겠군. 임시 주주총회가 열린다면 그 문제인가.'

뭐, 이번에 열린다고 하는 임시 주주총회라고 해 봐야 형식뿐이고, 조광 그룹이 조설훈의 손아귀로 넘어가는 형식적인 절차에 불과할 것이다.

백하윤은 잠시 생각에 잠긴 크리스를 보며 그녀가 한국어를 곱씹는 중이라 생각하며 말을 이었다.

"아무튼 그렇게 됐으니 저녁은 아마 저랑 둘이서 먹게 될 거 같군요. 크리스는 그동안 내 집이다 생각하고 편하게 쉬어요."

"네, 선생님."

고개를 끄덕인 백하윤은 차에서 내리려다가 말고 물었다.

"아, 크리스. 혹시 저녁에 먹고 싶은 거 있나요?"

그 말에 크리스는 기다렸다는 듯 대답했다.

"된장찌개요."

"된장찌개?"

크리스의 대답에 백하윤이 웃었다.

"알았어요. 저도 잠시 외국에 다녀와서 그런지 한식이 당기기도 하고."

"네, 선생님."

"그러면 유미 씨, 수고해요."

김유미가 맡겨 두란 듯 힘차게 고개를 끄덕였다.

"예, 대표님!"

"너무 응석 받아 주진 말고."

"예!"

백하윤이 차에서 내리고, 김유미는 후우, 한숨을 내쉬었다가 웃으며 몸을 뒷좌석으로 돌렸다.

"이제 언니랑 단둘이네."

크리스의 대답에 김유미는 이번에도 크리스가 귀여워 어찌할 바 몰라 손을 꼼지락댔다.

'……이거, 혹시 꽤 위험한 인간인 거 아닐까?'

크리스는 슬쩍 뒷좌석의 카폰으로 112를 누를까, 카폰에 손을 대며 조심스레 화제를 돌렸다.

"언니, 선생님 댁은 혹시 많이 먼가요?"

그나저나 '언니'라니, 내 입으로 말하고도 낯이 간지러워 돌아 버릴 지경이군.

김유미가 크리스가 보이도록 백미러를 조정하며 대답했다.

"아니. 성수대교 타고 가면 금방이야."

"……성수대교?"

"아 참. 크리스한테는 말이 조금 어려웠지. 음, 성수

Bridge, 라고 하면 될까?"

"······네, 기억했어요. 성수대교."

"아휴, 귀여워라."

"······."

"그럼, 출발할게."

"네, 언니."

하지만 김유미의 생각과 달리 크리스가 멈칫한 건 '성수대교'라는 단어를 몰라 되물은 것이 아니었다.

'뭐야, 성수대교가 있어?'

도대체 어떻게 된 일이지?

'······설마 원래도 이맘때 보수공사가 끝났나?'

아니, 그건 아닐 터인데.

자신의 기억대로라면 성수대교는 붕괴 후 97년에야 재개통을 했을 것이다.

'뭔가가····· 내가 알고 있던 것과 바뀌긴 바뀌었어.'

그야 바뀐 것으로 치자면 백하윤이 아직 바른손 레코드 대표 현역으로 버티며 정력적으로 일하고 있는 것이며, 그런 인간이 있다는 존재만 알고 있던 채한열이 이성진과 따로 통화를 주고받던 것부터가 위화감이 느껴지긴 했다.

'······어찌 되었건 간에 열쇠는 이성진이 쥐고 있는 건가.'

생각에 잠긴 사이, 신호를 받아 대기 중인 김유미가 웃으며 크리스를 돌아보았다.

"그런데 크리스, 그렇게 이성진 사장님이 궁금했어?"

"네?"

……사장? 이성진 사장이라고?

그런 건 백하윤에게서도 듣지 못했다.

'백하윤도 내게 그런 이야기는 하지 않았고.'

크리스는 잠시 제 처지도 잊고 다급하게 물었다.

"사장님요?"

"응, 아, 영어로는……."

"President."

"대통령?"

"사장이란 뜻도 있어요. 하지만 이성진은 아직 나이가 어린 걸로 아는데요."

생각보다 한국말 잘하네.

김유미는 그렇게 생각하며 고개를 끄덕였다.

"응, 맞아. 아직 초등학생인데 대단하지? 그래도 크리스한테는 몇 살 위 오빠겠네."

"……잘 아세요?"

"잘은 몰라. 언니도 일 때문에 오가면서 얼굴만 몇 번 본거 뿐이고……. 그런데 되게 잘생겼다?"

그야, 얼굴은 잘생겼지.

크리스가 그러려니 고개를 끄덕이는 걸 보며 김유미는 어색하게 웃었다.

"아직 그런 쪽은 관심이 없나……. 아, 말이 나온 김에."

김유미는 몸을 굽혀 글러브박스를 열더니 웬 CD를 꺼냈다.

"가요, Pop 좋아하니?"

"……네."

솔직히 취향으로 따지면 그냥저냥이지만.

"그러면 대표님도 안 계시니까, 이거 들으면서 가자. 언니가 좋아하는 그룹이야."

김유미는 백하윤의 부재가 기회라는 듯이 망설이지 않고 CD를 틀었다.

그리고 차에서는 크리스가 생각하기에는 이 시대 기준으로 꽤나 진취적인, 동시에 '잘 팔릴 법한' 철두철미한 계산하에 만들어진 음악이 흘러나왔다.

'그나저나 처음 들어 보는 음악이군. 꼴에 명색이 음반사 비서라고, 어디서 마이너한 가수를 가지고 온 건가?'

그나저나 이 시대에 이런 가수가 있었다니, 나도 모르는 게 많군.

크리스가 생각하는 사이 김유미가 리듬을 타듯 고개를 까딱이며 입을 뗐다.

"좋지?"

"……그러네요."

"후후, SBY라고 요즘 한국에서 제일 잘나가는 아이돌 그룹

이야."

"예?"

"어, 음, 그러니까 영어로는…… Most famous?"

뜻을 몰라서 물은 게 아닌데.

'난생처음 들어 보는 곡이 지금 한국에서 제일 잘나가는 곡이라고?'

김유미가 말을 이었다.

"그리고 아무튼, 지금 듣고 있는 SBY는 그 이성진 사장님 회사에서 프로듀싱한 그룹이야. 대단하지 않니?"

"……그러네요."

크리스는 얼떨떨한 얼굴로 대답했다.

'얼씨구, 이젠 숫제 아이돌 가수 프로듀싱까지 했단 말이지?'

이거 참, 나 혼자만 다른 세계에 떨어지고 만 기분이군.

백하윤이 사는 집은 혼자 살기엔 넓고, 그녀의 지위를 생각하면 검소한 편이었다.

하지만 그건 어디까지나 백하윤이 사는 집 표면만을 관찰했을 때 그렇다는 것뿐이고, 그녀가 보유하고 있는 각종 음향 기기며 악기, 클래식 좀 안다 하는 사람들이라면 침을 질질 흘릴 법한 세계 유수의 연주자와 지휘자들의 친필 서명이 적힌 레코드 판 등등을 종합하면 아마 그녀가 거주하고 있는 집의 부동산 가치보다 더 높을 것이다.

그리고 각종 명품에 둘러싸여 살아온 크리스는 그 집에 비치된 화려함이 배제된 단출한 가구가 하나같이 부르는 게 값인, 그렇다고 돈만 많은 졸부들은 손에 넣을 수 없는 엔티크임을 한눈에 알아보았다.

'아무튼 선생님이 유럽 좋아하는 건 알아줘야겠어.'

샤워를 마치고 수건으로 머리를 닦으며 나온 크리스는 자신이 기거할 '손님용 방'에 장식된 이탈리아제 마호가니 수납장을 검지 마디로 똑똑 두드려 본 뒤 주위를 둘러보았다.

'어쨌거나 음악 하는 사람답게 방음 설비는 잘 갖추고 있군.'

심지어 백하윤은 이 단독으로 적잖은 값을 지불해야 할 최고급 빌라 바로 위층을 통째로 비워 두고 창고로 쓰고 있어서 나중엔 사회 문제로도 대두되는 층간 소음 따윌 걱정할 필요도 없었다.

'나중에 이 땅 부동산 가격이 얼마가 된다는 걸 생각하면…… 그녀 슬하에 유산을 물려줄 자식이 없다는 건 꽤 아쉽겠군.'

백하윤의 사후, 그녀의 유산은 백하윤의 먼 친척인 어느 청년이 물려받게 되지만, 그 뒤 그가 백하윤이 물려준 가산을 탕진하게 되는 걸 생각하면 백하윤의 양녀로 들어가는 것도 나쁘지 않을지 모른다.

'……하지만 고작 그런 걸 갖고자 이 따분한 생활을 이어 가는 건 좀……'

크리스는 그걸 '고작'이라고 생각하면서 방을 나왔다.

"다 씻었니?"

그 인기척에 김유미가 거실 소파에 앉아 잡지를 뒤적이다 말고 고개를 들었다.

"네, 언니."

"얘도 참, 머리도 제대로 안 말리고."

김유미는 마치 손위 누이처럼 크리스가 목덜미에 걸친 수건으로 그녀의 머리를 다시 닦아 주었다.

"아 참, 언니가 경비실에 지난 신문 모아 둔 게 있는지 물어봤는데, 얼마 전에 종이류는 다 수거해 갔대."

'한글 공부'를 하겠다는 명목으로 백하윤이 출장 간 사이 쌓여 있었을 신문을 요청했더니, 김유미는 크리스의 기대감에 찬물을 끼얹는 발언을 했다.

"그렇다면 어쩔 수 없네요."

"음, 안 피곤하면 나중에 언니랑 책 사러 갈래?"

"……"

책보다는 옷을 더 사고 싶다.

'이런 하늘하늘 거리는 원피스는 영 익숙해지질 않는단 말

이지.'

한국으로 건너오기 전, 잠시 백하윤과 미국 호텔에서 지낼 때 백하윤은 호텔 컨시어지 서비스를 이용해 크리스가 입을 옷가지를 잔뜩 사 가지고 왔지만, 하나같이 크리스의 취향과는 거리가 먼 것들뿐이었다.

그렇게 난생처음으로 치마를 입어 본 크리스는 그로부터 며칠이 지난 여태까지 아랫도리가 휑한 기분에 적응을 못 하고 있었다.

'차라리 할렘가 헌옷 수거함에서 건져 입은 것들이 나았을 정도야.'

그야, 재질이나 마감, 만듦새로 보면 백하윤이 가져 온 옷이 하나같이 명품이란 건 알겠지만, 애당초 크리스는 '자신이 입는 여아용 복장'이 마음에 들고 자시고는 없는 것이다.

'아무튼 아날로그 활자를 통한 정보 수집은 한동안 힘들게 됐군. 그렇다면……'

생각을 마친 크리스는 김유미가 자신의 등 뒤에서 머리를 닦아 주고 있으니 떨떠름한 표정을 감추지도 않으며 입을 뗐다.

"그러면 혹시 이 집에 컴퓨터 있나요?"

"컴퓨터?"

생각하느라 잠시 손을 멈춘 크리스가 쓴웃음을 지었다.

"아마 없을 거야. 우리끼리 하는 말이지만 사실 대표님은 컴퓨터 잘 못 다루시거든."

뭐. 백하윤의 나이를 생각해 보면 그럴 법은 하군.

"왜, 크리스. 게임하고 싶니?"

정작 그러는 김유미도 크리스가 이 집에서 컴퓨터를 찾는 목적이 '게임'이라고 생각하는 걸 보아, 이 시대 사고방식의 기준을 얼추 알 것도 같다.

'그런 마당이니 인터넷은 꿈도 꿀 수 없겠지.'

금세 흥미가 사라진 크리스가 시큰둥하게 대답했다.

"아뇨, 그냥요."

"미국에서는 다들 집에 컴퓨터가 있나 보네."

그럴 리가.

심지어 할렘가에서 쓰레기통을 뒤져 가며 생을 연명해 온 크리스 입장에 그런 건 언감생심이다.

김유미가 머리를 닦아 주며 말을 이었다.

"뭐, 그렇긴 하지만 우리나라도 각 가정에 컴퓨터가 보급되는 중이라는 건 언니도 들어 봤고…… 정 필요하다면 나중에 대표님께 말씀드려 봐. 사실 이제 우리 회사도 컴퓨터랑 떼려야 떼기 힘들게 됐거든."

그렇게 말하던 김유미는 문득 '크리스가 이 긴 한국말을 알아들을까?' 하고 내심 걱정했는데.

"바른손 레코드가요? 바른손 레코드는 음반 회사라고 들었는데요."

어째 백하윤이 '한국어 꽤 잘한다.'고 한 말처럼 크리스는 그 말을 어렵지 않게 받아 낸 모양이었다.

"맞아. 하지만 요즘은 MP3가 있으니까, 컴퓨터로도 음악을 들을 수 있거든."

"……MP3?"

"응. 혹시 처음 듣니?"

처음 듣고 자시고…….

아니, 최소한 이번 생에서는 처음 듣는 용어였다.

'MP3가 있어? 이 시대에?'

어안이 벙벙한 크리스가 제정신을 못 차리는 사이 김유미가 말을 이었다.

"언니도 기술적으론 잘 모르지만…… MP3는 CD에서 음원 파일을 따로 추출해서 컴퓨터에 저장할 수 있다는 모양이야. 실은 오는 길에 들었던 SBY가 MP3를 마케팅에 적극 활용한 그룹이거든. 그리고 SBY는 우리 음반사와 계약 중인 가수이기도 하고."

"……많이들 쓰나요?"

"아마 꽤나 많이? 언니 또래에서 그 아래 세대까진 잘나가는 모양이야."

"……."

그것도 단지 개념뿐만이 아닌, 아마 꽤 상용화가 된 방식으로.

"게다가 얼마 전에 삼광전자에서 MP3플레이어를 출시하고 나서부터는 컴퓨터로만 음악을 듣는 게 아니라 휴대도 가능하게 됐어. 그러다 보니 이제 워크맨이나 CD플레이어를 대체하게 되는 건 아닐까 하는 이야기도 종종 들리고……. 그래서 우리 회사에서도 각 바른손 레코드 지점에서 MP3 파일 인코딩 서비스를 하고 있는데 이게 또 호평이거든."

"……"

"크리스?"

"……아, 미안해요. 언니가 하는 말이 어려워서."

그제야 김유미는 아차 싶었다.

'나도 참, 애한테 못 하는 말이 없네.'

아직 한국어도 서툰 애를 상대로, 그것도 아직 뭐가 어떻단 것도 모를 꼬맹이에게 조금 전문적인 이야기를 늘어놓고 말았다는 것에 김유미는 조금 반성했다.

하지만 크리스는 김유미에게서 등을 돌린 채, 어린애가 지을 수 없는 험악한 표정으로 생각했다.

성수대교가 멀쩡하단 것에서 눈치를 채야 했는데…….

'삼광전자에서 MP3플레이어를 출시했다니, 이건 아마, 아니 무조건.'

이는 분명, 자신처럼 '미래에서 온 존재'가 개입하고 있단 흔적이었다.

'그것도 내 회사! 삼광전자에서!'

그건 도대체 어느 놈일까.

아마도, 자신이 생각하기로는 이 세계의 이성진일 것이 분명했다.

'옘병, 대체 어느 놈이 뻔뻔하게 내 행세를 하고 있는 거지?'

그러며 한동안 김유미의 손길에 머리칼을 맡기고 있다 보니 크리스는 조금 냉정을 되찾았다.

그 일에는 어쩌면 이 방음 설비가 잘된 집의 적요에 가까운 고요함이 크리스의 내면에 도사리고 있는 불같은 성정이 폭발하지 않도록 도움을 준 것일지도 모른다.

'……어디서 굴러먹다 온 개뼈다귀 같은 새끼인지는 모르지만, 어쨌거나 지금으로선 내 입장을 고려하지 않을 수 없지.'

솔직한 심경으론 지금 당장이라도 S동에 위치한 자신의 본가로 쳐들어가 '이성진'의 멱살을 붙잡고 싶었지만 현재 크리스 자신은 이제 막 미국에서 한국으로 건너 온, 가진 게 없어서 잃을 것도 없는 비쩍 마른 계집아이에 불과했다.

'문전박대만 당해도 다행일 거야.'

어쩌면, 마찬가지로 미래에서 온 자신의 존재를 경계한 '이성진'에 의해 쥐도 새도 모르게 이 세상에서 사라지더라도 누구 한 사람 찾아 주지 않을 것이다.

'분명 나라도 그럴 테니까.'

본인에게 일어난 일은 남에게도 일어날 수 있다.

그러니 크리스는 자신을 제외한 또 다른 '미래인'이 있을지
도 모른다는 지금의 가설에는 추호의 의심도 하지 않았다.

그나마 다행인 건 자신에게 바이올린 재능이 있다는 것이
고, 그걸로 운 좋게 연이 닿아 백하윤을 소개받고 여기까지
왔다는 것.

그리고 이번 세계의 백하윤과 이성진은 그녀와 데면데면
하던 저번 생의 자신과 달리 꽤 친분을 유지하고 있을 뿐만
아니라 비즈니스적으로도 관계되어 있다는 것.

하지만 그걸 제외하면 역시 '아무것도 없다'는 것이 자신의
발목을 붙잡는다.

이 세계의 이성진을 직접 만나는 일은 리스크가 따르는 만
큼 신중하게 움직여야 한다.

그러자면 이성진의 주변부터 공략해 들어갈 필요가 있었
다.

'어쨌거나 그 전에 일단은 정보 수집이 먼저지. 대체 내 껍
데기를 쓰고 있는 놈이 무슨 꿍꿍이속인지, 뭘 하려는 건지
를 알아야 해.'

그것이 자신에게 당면한 최우선 과제였다.

"다 됐다. 이제 좀 보송보송하네."

김유미가 웃으며 크리스의 머리를 닦던 수건을 치웠다.

'표정 관리, 표정 관리.'

크리스는 속으로 되뇐 뒤, 마음속으로 숫자를 다섯까지

센 뒤에야 방긋 웃는 얼굴로 고개를 들어 김유미를 바라보았다.

"고마워요, 언니."

"아니야, 뭘. 신경 쓰지 마."

김유미가 활짝 웃었다.

'마음에 들지는 않지만 이 외모도 지금 내가 가진 무기 중 하나인 모양이니.'

뒤이어 크리스는 전에 없이 초롱초롱한 눈으로 김유미에게 말을 건넸다.

"저기, 언니. 저 부탁이 있는데요."

"부탁? 무슨 부탁인데 그러니?"

크리스가 귀여워 어찌 할 바를 모르는 김유미는 뭐든 말만 하라는 식으로 대답했고, 크리스는 눈을 빛내며 그 질문에 답했다.

"아직 시차 적응이 안 돼서 그런지 잠이 안 와서요. 서울 구경 좀 할 수 있을까요?"

얘가 시차 적응이라는 말도 알고.

그래도.

"졸리지 않니?"

"공항에서 오는 길에 잠깐 졸아서 그런지, 아니면 샤워를 해서 그런지 잠이 달아났지 뭐예요."

"음, 대표님은 크리스가 자는 거 확인하고 오랬는데……."

"제발요. 선생님께는 비밀로요. 네?"

아까 전엔 낯을 가리나 싶더니, 머리를 닦아 주는 사이 친밀감이 생긴 걸까.

자신의 애정이 일방통행이 아님을 깨달은 김유미는 결국 두 손을 들었다.

"그러면, 그럴까?"

"네!"

"대신 오래는 안 돼. 나갔다가 돌아오면 푹 잘 것. 알았지?"

그 정도야.

크리스는 고개를 끄덕이곤 김유미를 끌어안았다.

"언니, 고마워요!"

"어머, 어머."

크리스는 속으로 '쉽군' 하고 생각하면서 잠시, 20대 여인의 풋풋한 살 내음을 만끽했다.

'좋아, 오늘은 일단 주변에 뭐가 있는지 알아보는 것부터 해 둘까.'

어차피 지금 자신이 이성진을 만나는 것 자체는 시간문제다.

그전에 크리스가 해야 할 건 이성진과 그 주변에 무슨 일이 일어났는지 정보 수집을 마쳐 두는 것.

뭐든 아는 만큼 보이는 법이라고, '그놈'이 이 세계에서 대체 뭘 하고 돌아다니는지 안다면, 그놈과 직접 만났을 때 대처하는 전략도 그에 맞춰 바꿀 수 있을 테니까.

'그놈이 대체 무슨 꿍꿍이속으로 내 행세를 하며 돌아다니는지는 모르겠지만…… 언젠가 내 것을 되찾을 때까진 기다려 주기로 하지.'

주주들의 조광 그룹에 대한 임시 주주총회 소집 요청은 조설훈 사장의 장남 조세광이 살인 혐의로 구속된 이후부터 꾸준히 제기되어 왔다.

그와 관련해서 얼마 전 조설훈 사장의 회장직 승계 자격 논의를 위한 이사회가 개최되었으나, 이사회가 소집된 그날 오전이 지나고 당일 조성광과 조설훈, 조지훈 세 부자가 같은 날 사망하면서 해당 안건은 유야무야 넘어가고 임시 주주총회는 한 차례 취소되었다.

그렇다고는 하나, 조광 그룹이 처한 악재는 '윤리적으로 경영 능력이 의심되는 당사자의 소멸'로 끝맺을 수 있는 수준이 아니었다.

이제는 조성광 회장이 남긴 유언장에서 상속자로 명시한 조세화의 존재가 수면 위로 급부상한 것이다.

조세화가 조성광의 상속자에 포함되어 있었다고 하는 이 결과적으로 아이러니한 상황에 조성광 회장이 생전부터 손녀인 조세화를 얼마나 극진히 아꼈는지 잘 알고 있던 조광 그룹 내 상층부 극소수는 쓴웃음을 지었으나, 그런 극소수를 제외한 대부분은 '조세화가 도대체 누구냐'며 발품을 팔기에 바빴다.

도대체 조세화가 누구냐?

증권가며 재계에서는 한동안, 그리고 현재까지도 이 문제로 논란이 일었다.

누군가는 혹시 조성광 회장의 숨겨 둔 자식이 아니냐는 식의 (실제론 참이지만)흥미 본위의 헛소리를 뱉었고, 누군가는 조성광 회장이 말년에 노망이 들었다고 했으며, 이 상황에 유머 감각을 구사할 생각이 없는 당사자들은 조성광 회장이 사실상 조설훈을 후계자로 내정한 것이었다고 말했다.

물론 후자의 생각처럼 조세화가 상속자에 포함되어 있었던 것 자체는 단순히 조성광의 노망으로 치부할 수 없는, 그 자체가 전략적 의미를 내포한 것이라고 볼 수 있는 것이었다:

만약 조설훈과 조지훈이 사망했다고 하는 극단적 상황에만 이르지 않았더라도 조성광의 유언은 자연히 그가 장남인 조설훈을 자신의 후계자로 내정한다는 의미가 담긴다.

그도 그럴 것이 설령 조성광의 유산이 1/3로 쪼개지더라도 조세화는 자신의 부친인 조설훈에게 그녀가 받은 권한을 양도할 것임이 분명했으니까.

'그런 의견을 내놓은 애널리스트들의 분석은 그럴듯하지

만, 사실 그뿐만은 아니지.'

또한 조성광은 동시에 추후, 만에 하나 조세화가 실은 그의 손녀가 아닌 직계 피붙이였단 사실이 밝혀졌을 때를 대비하여 나중에라도 조세화가 누군가의 부추김을 받아 조성광의 유산에 대한 상속권을 주장하더라도 '이미 정당한 분배를 마쳤'다는 식의 선제 조건을 깔아 두어 뒤탈이 생기지 않도록 그럴듯한 전략을 구상한 것이다.

다만, 조금 여담이긴 하나 내 생각에는 조성광이 그런 타산적인 이유만으로 유언장에 조세화를 끼워 넣은 것이라고는 보이지 않았다.

'그 노인네도 결국엔 어느 정도 팔이 조세화 쪽을 향해 굽은 거야.'

거기엔 조세화의 출생에 대한 비밀을 알고 있는 조설훈이나 조지훈에게 경고도 포함하고 있을 것이다.

(실제로 자신의 친동생마저 가차 없이 제거해 버린)조설훈의 성격을 생각하면, 조성광 자신의 사후 장남 조설훈은 '마지못해' 자신의 딸로 취급하는 조세화를 그대로 내쳐 버릴 공산도 있었다.

하지만 조성광은 조세화에게 유산 1/3을 물려주는 것으로 조설훈에게 모종의 경고를 준 것이리라.

'조세화의 출생의 비밀을 알고 있는 사람은 조설훈만이 아니거든.'

실제로 전생의 조세화는—비록 남부러울 것 없는 부녀 관계는 아닐지라도—좋은 교육과 지원을 받아 (윤리 도덕적 관점을 어느 정도 배제하면)훌륭한 어른으로 성장하였고, 조지훈 역시 종국엔 야금야금 그 힘을 빼앗기고 말긴 하였으나 친형에게 살해당한다는 극단적 상황에는 이르지 않았으니, 그런 점에서는 '죽은 공명이 산 중달을 물리쳤다'고도 볼 수 있지 않을까.

조설훈 입장에서는 어쨌거나 실제로는 자신의 이복동생인 조세화가 물려받은 조성광의 유산을 통해 자신에게 힘을 더해 준 것도 사실이고, 그 비밀을 공유하는 조지훈이 그 내용으로 자신을 견제할 것임도 분명했으므로.

'몇 번 본 적도, 제대로 된 대화도 나눠 본 적 없는 사람이지만 걸물이긴 걸물이야.'

만일 그가 노쇠하지 않고 향후 몇 년간 정력적인 활동을 이어 갈 수 있었더라면, 대한민국의 역사는 내가 알고 있는 것과 조금 다른 방향으로 흘러갔을지도 모른다.

'그러면 뭐 하나. 그 천하의 조성광도 설마 상황이 이런 식으로 흘러갈 줄은 몰랐을 것을.'

어쨌거나 조성광의 치밀한 전략과 안배에도 불구하고, 결과적으로 현 상황은 극단적인 아이러니로 치달아 있었다.

조성광의 유산에 더해 조설훈의 자연스러운 유산까지 더해져 하루아침에 조광 그룹의 최대 주주로 급부상한 조세화의 향후 거취를 두고서 조광 그룹 이사진 일동은 심각한 갈

등에 빠져 있었다.

일단 상법상 16세 미만은 대표이사가 될 수 없다고 명시하고 있으므로, 법적으로도 아직 중학교 1학년생에 불과한 조세화는 정당한 경영권을 행사할 수 있는 존재가 아니다.

하지만 그렇다고 해서 조세화에게 '(그 능력은 차치하고)의사 결정 능력이 없는가' 하는 건 또 다른 문제였다.

여기서 그들이 고민하는 건, '그렇다면 조세화의 후견인이 될 인물이 누구인가'하는 눈치 싸움이 시작되었단 것이었다.

주지하듯 조광 그룹은 내로라하는 이사들이 최고 경영자가 되기 위해 호시탐탐 그 기회를 엿보는 중이며, 현재 조세화 주변에 '후견인 자격이 있으며 동시에 경영 능력을 발휘할 수 있는 혈육'은 존재하지 않았다.

이런 상황이다 보니 언론이며 각 이사들의 끄나풀까지 다들 조세화의 일거수일투족을 주목하는 상황에서, 그녀가 나를 조성광의 사택이었던—그리고 그의 장례식이 열렸던—곳에 초대한 건 합리적이었다.

그러잖아도 조세화가 보낸 차를 타고 조성광의…… 아니 조세화가 물려받은 유산 중 하나인 그 저택으로 향하는 길조차도 기자로 의심되는 차량이 길목 곳곳에 놓여 있었으니, 아마 서울에 자리한 조세화의 본가엔 이런저런 사람들이 진을 치고 있을 것쯤은 불 보듯 뻔한 일이었다.

그래서일까, 여름방학이 지나고 2학기가 개학하였건만 조세화는 등교도 하지 않은 채 그 서울 외곽의 저택에 머물며 나를 반겼다.

"어서 와."

조세화가 웃으며 인사했다.

"오는 길에 별일 없었지?"

있다고 해야 할까, 없다고 해야 할까.

기자들이 진을 치고 있던 건 그렇다 쳐도, 나를 태우러 온 조성광의 생전 심복은 가타부타 아무런 말도 없어서 나로선 꽤 불편한 여행길이었다.

게다가 학교에서 곧장, 누가 보아도 조폭처럼 생긴 사람의 차를 얻어 타는 내 모습을 보고 애들이 수군대던 걸 생각하면……

"아무 일 없었어."

까짓것, 알게 뭐람.

오히려 나로서는 이 일로 백하윤과 크리스가 귀국한 걸 마중 나가지 못한 것이 조금 더 마음에 걸릴 지경이다.

'뭐, 사실 그쪽 일은 그렇게 급할 것도 아니지만.'

나는 속으로 생각하며 조세화에게 안부차 물었다.

"너는 요즘 좀 어때?"

"나야 뭐 쌩쌩하지. 게다가 학교도 안 가서 더 할 나위 없이 좋고."

조세화는 센 척을 하며 내 말을 받았지만 눈 밑에 거뭇거

뭇한 다크서클까지 감추지는 못했다.

"일단 들어가자. 아직 덥네."

조세화가 저택으로 나란히 걸었다.

저번에 방문했을 땐 밤이 깊었던 데다 비까지 내렸고, 나조차 경황이 없어 제대로 살피지 못했지만.

'참 그럴듯하게 잘 지었단 말이지.'

실제로 전생에, 조세광에게 어느 정도 자리를 만들어 준 조설훈은 자신의 파란만장했던 말년을 이 저택에서 기거하며 보내기도 한 만큼 저택의 만듦새는 내 근미래 기준 시각으로 보아도 촌스러운 구석 없이 훌륭했다.

'오히려 그때 가선 전통 한옥 양식이 조금씩 다시 주목을 받던 시기이기도 했고……. 물론 일부러 교외를 찾아 지은 만큼 최종적으로도 부동산 가치는 그저 그랬지만 말이야.'

내가 저택을 보는 시선이 겉으로도 묻어난 까닭인지, 조세화가 싱긋 웃으며 말을 건넸다.

"집 좋지?"

"응? 아, 응."

내가 긍정하자 조세화는 자부심 가득한 얼굴로 활짝 웃었다.

"그도 그럴 게 할아버지가 유명한 건축가를 불러 지은 집이거든."

유년기의 여러 추억이 서린 것인지 조세화는 잠시 발걸음을 멈추며 나무 기둥을 손으로 가만히 쓸었다.

"예전엔 처마 밑에 제비가 집을 짓기도 했는데…… 요새는 통 보이질 않네."

그 말을 들으며 나는 어릴 적, 달동네에 살던 시절을 어렴풋이 떠올렸다.

생각해 보니 이 시대만 하더라도 처마 아래 제비가 둥지를 트는 건 꽤 흔한 일이었다.

'나중에는 그마저도 잘 보이지 않게 되었지만…… 제비가 나는 높이를 보고 내일 날씨를 점쳐 보던 때도 있었지.'

그녀와 별개로 노스텔지어에 잠긴 나를 조세화는 물끄러미 바라보다가 장난스럽게 물었다.

"왜, 마음에 들면 살래? 싸게 줄게."

다만 감탄한 것과 별개로, 이 집은 별장으로 쓰기엔 너무 큰 데다 관리가 어려울 것 같다는 현실적인 문제가 있었다.

"아니, 사양할게."

"……농담이야. 그럴 거라고 생각했어."

농담 후 조세화는 꽤 현실적인 문제를 입에 담았다.

"하지만 솔직히 조금 처치 곤란이긴 해. 나도 곧 유학을 떠날 텐데, 매달 고용인들 월급이나 저택 관리비가 들 걸 생각하면 어떻게 하긴 해야 할 거 같거든."

아무리 훌륭한 저택이라도 사람 손길이 닿지 않으면 폭삭 주저앉아 흉가가 되는 건 시간 문제였다.

'게다가 교외에 위치한 이런 크기만 한 집, 매수 희망자가 나올 것 같지도 않으니까.'

내게 농담 삼아 이런 말을 꺼낸 조세화도 솔직한 심경으론 자신의 추억이 서린 이 집을 아무에게나 팔고 싶지 않은 심정일 테고.

'아니지, 잠깐만.'

나는 잠시 생각하다가 대답했다.

"우리 할아버지는 어때?"

"……너희 할아버님?"

그렇다면 이휘철에게 떠넘기는 건 어떨까.

집에서 빈둥대며(?) 이런저런 일로 나를 피곤하게 만드는 이휘철을 이런 집에 보내 두면 내 심신에도 평안과 안정이 찾아오지 않을까, 하는 이유도 있지만.

'그뿐만이 아니라 당장 현 상황에 미칠 상징적인 의미도 포함해서.'

하지만 정작 조세화는 내 제안에 복잡한 얼굴을 했다.

"할아버님이 그러고 싶으시대?"

"아니. 아직 말씀드려 본 적도 없고 어디까지나 당장 떠오른 생각이야."

"……음."

조세화는 그 자리에 서서 깊이 생각하다가 고개를 끄덕였다.

"알았어. 그럼 할아버님께 한번 말씀드려 봐."

그렇긴 해도 조세화로선 꽤 힘겨운 결정이었던 듯하다.

"아, 그렇지만 되도록 여기 있는 고용인들의 고용을 유지하는 쪽으로 해 주시면 좋겠는데……."

조세화는 이 저택에 기거하는 고용인들의 거취 문제도 마음에 두고 있는 모양이었다.

'이럴 때 보면 의외로 잔정이 많다니까.'

그런 조세화도―김철수에게 듣기로는―광금후에 대한 복수심이 만만찮은 걸 보면, 그 핏줄이 어디 가진 않은 것 같긴 하다만.

나는 담담히 대답했다.

"내가 말하긴 했지만 아직 확정 요소는 아니야. 그래도 되도록 그런 쪽으로 진행하도록 잘 말씀드려 볼게."

"……응."

아마 이휘철이라면 이 저택을 구매하고자 하는 내 의도를 알아 줄 거라고 생각은 하지만, 그녀에게 말한 대로 확정 요소는 아니다.

어쨌거나 이 저택은 지나치리만큼 크고 웅장해서, 어지간한 마음가짐이 아니면 천하의 이휘철이라도 장바구니에 물건을 쓸어 담듯 덥석 구매하긴 망설여질 테니까.

"아무튼 그 문제는 잠시 차치하고."

조세화가 말을 이었다.

"우선은 조만간 있을 임시 주주총회 때 어떡하면 좋을지 상담 좀 해 줘."

"물론이지."

마침 그 문제를 논의하러 여기 온 것이기도 하니까.

나는 조세화를 따라 방으로 들어갔다.

컴퓨터와 프린트기가 놓인 방은 전통 가옥과 어딘지 언밸런스한 느낌에 각종 서류가 중구난방으로 놓여 어지러웠고, 앉은뱅이 탁자 위에는 방금 전까지 조세화가 들여다보고 있던 종이뭉치가 켜켜이 쌓여 있었다.

심지어 구석에는 포트와 컵라면 용기까지.

조세화는 방을 둘러보는 내 시선을 의식하곤 그제야 방이 꽤 더럽다는 걸 자각한 듯 쑥스러움을 감추며 말했다.

"조금 어지럽지?"

'조금' 어지러운 정도가 아닌데.

"평소엔 안 이래."

"누가 뭐랬나?"

조세화는 잠깐 나를 흘겨보곤 고개를 저었다.

"마실 것 좀 내올까?"

나는 반사적으로 사양하려다가 생각을 정정했다.

"그러면 커피 빼고 아무거나."

"정말, 로스트 빈 오너가 커피는 입도 못 대는 꼬맹이란 걸 알면 사람들 반응이 어떨지 궁금하네."

"귀엽다고 하지 않을까?"

"……참 나. 아무튼 잠시만 기다려. 아, 서류는 건들지 말고. 일부러 기억하기 쉬운 곳에 둔 거니까."

왠지 사춘기에 이른 자식이 '엄마, 방 청소하지 말랬잖아!' 하고 말할 법한 뉘앙스였다.

그러며 조세화는 슬쩍, 내가 볼세라 얼른 구석에 놓인 빈 컵라면 용기를 들고 종종걸음으로 방을 빠져나갔다.

'이미 볼 거 다 봤는데 말이야.'

나는 조세화가 방을 나가고 얼마 뒤, 복도를 콩콩거리는 발소리가 멀어지길 기다렸다가 조세화의 방석 근처, 서류 뭉치가 쌓인 앉은뱅이 탁자 아래 놓여 있던 서류를 집어 들었다.

아마 조세화는 내가 오기 직전까지 이걸 들여다보고 있었을 것이다.

'신진물산 연말결산 회계 자료…….'

신진물산이라 함은 조광 그룹의 대표적인 자회사 중 한 곳이면서 광금후가 사장으로 있는 회사이기도 했다.

'그리고 광금후는 조세화가 자신의 부친을 살해한 원수로 생각하고 있는 인물이기도 하지.'

애당초 조설훈은 조세화의 친부도 아닌 데다가, 조설훈을 죽인 것도 광금후가 아니었지만 지금 내 입장에서는 그녀가 이 두 가지 사실을 모른 채 넘어가 줄수록 좋은 일이었다.

'그나저나 이 시대엔 이걸 손에 넣기도 쉽지 않았을 텐데.'

내가 살던 근 미래에서는 각 기업의 재무제표를 전자공시로 손쉽게 열람 가능하지만, 이 시대에는 그것도 쉽지 않다.

그러다 보니 해당 기업의 재무제표에 접근성이 떨어졌고, 그만큼 분식회계의 증거를 찾는 일도 쉽지만은 않다.

'그래도 나한테는 비밀로 하면서 이런 자료를 알아서 손에 넣은 걸 보면…… 조세화 곁에도 나름대로 유능한 충신들이 붙어 있는 모양이군.'

어쩌면 안기부 요원 김철수가 준 걸지도 모르지만.

'어쨌거나 한번 살펴볼까.'

나는 클립으로 페이지를 끼운 서류 페이지를 조심스럽게 넘겼다.

"오호라, 이건……."

조세화도 이걸 발견했지는 모르겠지만, 나는 신진물산의 재무제표에서 어렵지 않게 위화감을 발견할 수 있었다.

그렇다고 내게 딱히 회계에 재능이 있어서는 아니었다.

'신진물산이 딴 주머니를 차고 있다는 걸 알고 있어서일 뿐이지. 뭐, 아직 분식회계 기술이 초급 단계에 머문 시대여서 그런 것도 있지만.'

일단, 겉으로 보이는 신진물산의 경영 상태는 낙관적이었다.

신진물산의 재무제표 속 매출액과 영업이익률은 95년도를 기점으로 하여 소폭 증가하였다.

그러나 주목해야 할 점은 이 영업이익이 영업활동 대비 꽤나 증가했다는 점이다.

이때는 나도 한창 S&S 쪽 일을 진행하던 와중이라 국내 물류 유통 흐름에 주목하고 있던 시기이다 보니 남들에 비해 이 시기 국내 유통 물류 업계가 어떤지 잘 아는 편이었다.

신진물산이 어느 정도 융통성을 발휘할 수 있는 자회사라고는 하나, 이 시기 조광은 조성광의 입원으로 이렇다 할 성장을 보이지 않은 데다가 국내 유통은 이미 포화 상태여서 더 늘어날 건수가 없었다.

'그러니 나도 조광과 손을 잡고자 하는 것이지만. 게다가 이 정도 유동자산의 증가라면 최소한 업체 몇 개를 뚫거나 신문 귀퉁이에 보도될 만한 계약을 따내야 가능해.'

그러면서도 매출원가는 감소했으니 이는 신진물산의 영업 효율성이 증가했다는 것으로도 볼 수 있겠으나, 내가 알기로 신진물산에 그만한 역량이나 계기는 없다.

'신진물산은 유가에 영업이익률의 영향을 크게 받는 회사야. 하지만 이때는 전년도 대비 국내 유가가 떨어진 것도 아니고, 오히려 올랐지.'

그야 당시 해외 유가는 떨어졌지만, 신진물산이 원유 선물 시장에 손을 댄 것은 아닐 테니까.

오히려 그쪽으로 수익을 거둔 거라면 지금이라도 두 눈을 씻고 광금후를 다시 보아야 할 터.

'그렇다는 건…… 역시 아무래도 광남파에서 마약을 팔아 들어온 상납금 일부를 회사에 채워 넣은 모양이군.'

더욱이 신진물산의 재무제표 속 영업이익은 꾸준히 증가하는 한편, 그러면서도 특히 현금흐름에서 영업활동현금흐름이 영업이익보다 현저히 높은 역분식회계 방식을 취하고 있었다.

정상적인 회사라면 이때 자금 회전속도를 낮추기 위해 매출채원과 재고자산을 줄이는 방식을 취하겠지만, 신진물산의 경우는 이 재고자산을 증가시켜 영업활동현금흐름과 영업이익 사이의 차액을 크게 만드는 것으로 회사의 수익성을 부풀린 것이다.

'이걸 보면 성실하다고 해야 할지, 아니면 멍청하다고 해야 할지.'

하기야 특정 개인의 현금 보유량이 어느 날 갑자기 늘어나는 것보단 법인의 영업이익이 늘어났단 식이 남들 눈을 피하기엔 더 쉬운 데다가 광금후가 조광 그룹 내에서 영향력을 발휘하기 위한 밑밥이라고 생각하면 이해 못 할 바는 아니지만.

'단순하게 생각해도 나라면 페이퍼 컴퍼니를 하나 만들어서 그쪽을 통해 빈 물건을 나르는 식으로 세탁을 했겠지.'

뭐, 나야 광금후에게 조언할 이유도, 그럴 처지도 아니지만.

'어쨌든 내가 아니더라도 이 바닥과 회계를 조금 아는 사람이 본다면 신진물산의 재무제표에서 지적할 구석이 꽤 많이 나올 거야.'

문제는 조세화가 이를 찾아냈을 것인가, 하는 점인데…….

나는 방바닥에 널브러져 있는 '회계! 원숭이도 할 수 있다!'라는 제목의 책자를 힐끗 쳐다보았다.

'하지만 조세화도 일단 신진물산이 어떻단 것쯤은 알고 이를 중점적으로 살피고 있을 테니…….'

신진물산 건은 이쪽이 나서서 개입하는 일이 없을 테니, 나로서는 조세화가 하는 걸 지켜보는 수밖에.

그때 나는 콩콩거리며 복도를 울리는 발소리가 가까워지는 걸 느끼곤 얼른 서류를 원래 위치로 놓은 뒤, 핸드폰을 꺼내 통화하는 척을 했다.

"……예, 알겠습니다. 그러면 다음에 뵙겠습니다."

"성진아, 문 좀 열어 줄래?"

"아, 응. 잠시만."

나는 핸드폰을 딸칵 소리나게 접으며 미닫이 문을 열어 주었다.

"고마워."

문 너머 조세화가 쟁반 위에 포도주스와 유리컵을 얹고 서 있었다.

"통화 중이었니?"

"신경 쓰지 마. 마침 끝냈거든."

나는 조세화의 쟁반을 받아 들었고, 조세화는 쓴웃음을 지으며 얼른 탁자 위를 치웠다.

"바쁜 모양이네. 그런데도 여기까지 오게 해서 미안."

"신경 쓰지 말래도. 별로 바쁜 일도 아니고⋯⋯. 그런데 웬 포도주스야?"

조세화가 내게서 다시 쟁반을 받아 대충 치운 탁자에 내려놓았다.

"응. 마침 할아버지가 잘 아는 농가에서 보내 준 게 있던 게 생각나서. 이따금 각종 채소도 보내 주시곤 하는 분이야."

"그랬구나."

나는 아무래도 상관없는 이야기를 하며 조세화의 자리 맞은편에 엉덩이를 붙였다.

"그래서 너는 뭐 하고 있었어?"

조세화가 내 몫의 포도주스를 따라 주며 대답했다.

"성진이 네가 말한 대로 내게 협조해 줄 만한 자회사를 선정하고 있었어."

"잘돼 가는 것 같아?"

조세화가 어깨를 으쓱였다.

"솔직히 말하면 아직 감이 안 와. 정말, 성진이 너는 어떻게 이런 걸 매일 하니?"

"나라고 이런 걸 매일 하지는 않지."

더군다나 삼광 그룹은 조광 그룹처럼 파벌 관계가 복잡하게 얽혀 있는 기업은 아니었다.

'오히려 단순하지. 암.'

내게는 실력과 인망, 명분을 두루 갖춘 잘나신 당숙 어르신들이 즐비하니, 만약 내가 조세화의 입장에 처해 지금 당장이라도 갑자기 이휘철과 이태석이 연달아 세상을 떠나게 된다면, 그 결과는 무척 심플하게 끝날 것이다.

'그리고 내게는 전혀 좋을 일 없는 결말이 나겠지.'

지금 내가 SJ컴퍼니를 운영하고 있을 수 있는 건, 어디까지나 이태석과 이휘철이 내게 울타리가 되어 주고 있기 때문이다.

'지금은 그들과 관계가 나쁘지 않지만…… 당장의 호의적인 태도쯤이야 그럴 여건만 갖춰진다면 얼마든지 손바닥 뒤집듯 바뀔 수 있으니까.'

분명 그 사람들이라면 일단 내 손발부터 묶은 다음 싸워 댈 테니, 그들이 싸우다 공멸하길 기다리는 것도 좋은 전략은 아닌 데다, 두뇌 회전이며 실력으로 보면 내 머리 위에 있는 분들이시니 명분도 실적도 실력도 없는 나는 그들을 내부에서 이간질하기도 전에 꼼짝도 못 하고 당할 것이다.

그러니 그때가 왔을 때, 내가 우리 자랑스러운 친척들에게서 '살려는 드릴게' 하는 말이 나와 주길 기도하지 않으려면 조금씩, 그룹 내부에서 내 입지를 단단히 다져 갈 필요가 있었다.

'내 몸은 내가 지켜야지. 이휘철이라는 울타리가 사라졌을 때도 안기부가 나를 지켜 주리란 보장은 할 수 없어. 경험했듯 미래는 얼마든지 변할 수 있는 것이기도 하고.'

어쨌거나 만에 하나 그런 때가 온다 하더라도 이번 일만 잘 풀린다면 조광에 빌붙어 살길을 모색할 수도 있을 테니, 조세화를 돕는 일은 나로서도 결코 나쁘지 않은 일이었다.

'물론 그 전에 이번 일이 잘 풀려야 하겠지만.'

나는 생각하며 조세화가 준 포도주스를 한 모금 마셨다.

조세화가 농가 직송이라고 자랑한 만큼, 이번 생 들어 고급스런 입맛으로 길들여진 내 입에도 포도주스 맛은 뛰어난 편이었다.

"맛있네."

"그렇지? 더 필요하면 말해."

"응. 그보다…….."

나는 유리컵을 내려놓았다.

"네가 보기에 특별결의에 필요한 수준의 사람은 모일 것 같아?"

보통 합자회사를 설립하는 일에는 보통결의인 1/4로도 충분하지만, 이번 경우는 저쪽에서 어떤 식의 딴죽을 걸고 들어올지 모르므로, 이왕이면 특별결의에 필요한 의결권인 1/3

가량을 확보해 두는 편이 안전했다.

"……지금은 힘들 것 같아."

"흠……."

사실 예상하던 대로의 답변이긴 했다.

막대한 지분이 있되 경영권을 행사할 수 없는 처지의 조세화는 이사들에게 먹음직스러운 먹잇감이긴 하겠지만, 그렇다고 그 먹잇감이 자신의 손을 떠나 애먼 놈 손에 들어가는 건 또 다른 문제였다.

그도 그럴 것이 이번에 설립할 합자회사는 다른 곳도 아닌 삼광 그룹의 자회사인 SJ컴퍼니와 진행하는 것인 데다, 혹시라도 조세화가 보유한 지분이 삼광 그룹 측에 넘어가 합자회사와 조세화의 지분이 삼광 그룹 손아귀로 떨어지는 것은 아닌가 하는 이사들의 우려도 있을 테니까.

'그렇다고 구봉팔 정도를 제외하면 별다른 연고도 없는데 덮어 놓고 우리 회사에 호의적인 이사가 있을 리는 없고…… 어쨌건 이 상황에 조세화로서는 결단을 내려야 하겠군.'

조광 그룹 내의 파벌 다툼에 염증이 날 만큼 지긋지긋한 그녀로서는 특정 파벌의 손을 들어 주는 일 없이 오롯이 자신의 힘만으로 이 일을 해결하고 싶겠지만, 상황이 여의치 않다면 적과의 동침도 불사해야 하는 법이다.

'좋아, 그렇다면.'

나는 조세화가 언짢아할 것을 알면서도 입을 열었다.

"그럼 혹시 지금 조광 그룹 내에 가장 영향력이 있는 이사는 누가 있어?"

예상한 대로, 조세화는 내 말에 미간부터 찌푸렸다.

5장

"……신진물산 사장인 광금후 이사."

한참 뒤에야 마지못해 입을 뗀 조세화의 목소리에는 잔뜩 날이 서 있었다.

나는 조세화가 내 앞에서 그 이름을 입에 담는 것 자체를 꺼려 하는 까닭을 알고 있으면서도 모른 척하며 대답했다.

"그러면 그 사람을 만나서 설득해 보는 건 어때? 일단 그 사람이 세화 너랑 손을 잡았다는 게 주주들에게 알려지면……."

"안 돼."

내 말허리를 끊으며 들어온 조세화의 말은 망설임 없이 단호했다.

"……왜? 혹시 그 광금후 이사란 사람이랑 무슨 일 있었어?"

내가 모른 척하고 조심스레 물으니 조세화는 주먹을 불끈 쥐었다가 펴며 한숨을 내쉬었다.

"너는 몰라도 되는 일이야. 아무튼 안 된다면 안 돼."

사실 나와 조세화 사이에서 광금후의 이름이 언급되었던 건 이번이 처음은 아니다.

언젠가, 조설훈이 죽고 얼마 지나지 않아 장례식을 마치고 조세화가 전세를 내다시피 한 호텔 1층 카페에서 '광금후 이사님'의 존재가 한 차례 언급된 적 있었던 것이다.

다만 당시만 하더라도 광금후는 조설훈의 회장직 승계에 딴죽을 걸며 호시탐탐 그 빈자리를 노리는 야심만만한 이사들 중 하나로 싸잡아 언급되었을 뿐, 지금처럼 '조설훈을 살해한 원흉'이라는 위상에는 오르지 않은 상태였다.

'하지만 그럴수록 더 가까이 두고 그 동태를 감시해야 하는 거 아닌가?'

하물며 광금후는 조세화가 자신을 원수로 취급하는 중인 걸 모르는 중이라면 더더욱.

'게다가 광금후는 이 세상에서 사라질 놈이니, 지금처럼 이용할 수 있을 때 이용해 먹고 버려도 아무런 뒤탈이 없거든.

그럼에도 조세화가 그런 생각에 앞서 감정적인 대응부터 하는 걸 보니, 역시 아직 애는 애구나 싶었다.

'아니 광금후를 조세화의 원수로 설정한 내가 할 말은 아닌

가.'

다만 지금 나는 그것과 관련해 아무것도 모른다는 설정이 므로, 나는 조세화의 감정적 반응에 당황한 척하며 잠시 뜸을 들였다가 입을 뗐다.

"혹시…… 그건 얼마 전 구봉팔 아저씨가 공격을 당한 것과 무관하지 않은 일이야?"

내 말에 조세화는 눈을 크게 치떴다.

"너, 그거 누구한테 들었…… 아."

"그런가 보네."

조세화가 나를 노려보며 물었다.

"혹시 따로 조사한 거야?"

나는 시치미를 뗐다.

"아니. 나도 혹시 그러지 않을까 떠넘겨 짚어 본 거였어. 정말 그랬다고 하니까 나도 놀라는 중이고."

"……."

"사실 조금만 생각해 보면…… 구봉팔 아저씨에게 개인적 인 원한이 있는 사람이 없다는 전제하의 이야기지만, 그 당 시 구봉팔 아저씨를 습격해 이득을 볼 사람은 조광 그룹 이 사진 중 한 사람일 거라고 생각했거든."

현재 조광에서 단독으로 가장 큰 지분을 가진 인물이라 함 은 단연 조세화다.

하지만 조세화는 아직 미성년자에 불과하단 이유로 경영

권을 행사할 수 없으니, 조광 그룹 이사진 입장에서는 이 시점에서 조세화와 가장 가까운 인물을 견제할 필요가 있었다.

그 견제가 물리적인 수단을 동원한 것이란 점에서는 나조차도 어처구니가 없긴 하지만, 조광 그룹이라는 회사의 태생을 생각하면 한편으론 납득이 가는 일이기도 하고…….

'……그런데 정말로 그가 했을까?'

다만, 그 일에 대해서는 나도 어느 정도 위화감을 느끼고 있었다.

'결국 구봉팔을 습격한 놈들은 구봉팔의 갖은 협박에도 불구하고 입을 열지 않았어.'

그렇다고 그 양아치 놈들이 누군가에게 충성한다는 의미는 결코 아니다.

오히려 그들로 하여금 습격을 사주한 범인은 자신이 그 일을 사주했단 꼬리가 밟히지 않도록 철두철미하게 나섰던 것이다.

하지만 범인의 그 완벽주의자적 기질과 달리, 어디에나 있을 법한 양아치를 기용하여 구봉팔을 습격한 것이 나는 사리에 맞질 않는 듯하다고 생각했다.

'이를테면, 마치 일부러 습격이 실패하길 바란 것처럼.'

그리고 나나 당사자들로 하여금 구봉팔의 습격을 사주한 인물이 광금후라고 생각하게끔.

'……아니면 그냥 내가 너무 어렵게 생각하는 것뿐인가?'

그럴지도 모른다.

어쩌면 광금후는 그 일이 실패할 것이라 생각하지 않았던 걸지도 모르고, 그 양아치들을 기용한 것이 당시 자신이 할 수 있는 최선의 방안이었을 수도 있다.

게다가 김철수의 말에 따르면 광금후는 조설훈이 살아 있을 당시, 광남파와 손을 잡고 쿠데타를 일으킬 준비를 한 듯하다고 말하지 않았던가.

광금후는 그런 과감성과 극단적인 면모를 두루 갖춘 성향의 인물이니, 그가 실제로 구봉팔 습격을 사주할 가능성은 충분했다.

'또, 결과론이긴 하나 광금후가 실패한 인물이라는 전생의 역사를 떠올리면 그 야망과 반비례하는 허술한 면모도 납득할 만하지.'

생각하는 사이, 조세화가 침묵을 깨트리며 입을 뗐다.

"성진이 너한테는 숨기질 못하겠네. 맞아."

조세화는 순순히 인정했다.

"맞아, 구봉팔 아저씨와 나도 그게 광금후 이사가 한 일이라고 생각하고 있어."

"……세화 너야말로 그 일로 조사를 한 모양이구나?"

"그래야지. 당사자니까."

그러며 조세화는 자신이 확신을 갖고 있는 그 정보의 출처가 어딘지는 밝히지 않았다.

'내게 안기부 이야기는 할 생각이 없는 건가 보군.'

심지어 광금후가 조설훈을 살해하였을 거란 정보까지도.

'이해는 가. 조세화는 내가 그쪽 세계에 발을 걸치지 않길 바라는 거겠지.'

그런 조세화를 볼 때면 쓸데없는 걱정이라고 쏘아붙여 주고 싶은 마음과 나를 생각하는 그 마음가짐이 기특하단 마음이 반반이다.

어쨌건 나는 조세화가 바라는 순진한 연하를 연기하기로 했다.

"그런데, 정말 그런 거라면 경찰에 먼저 신고부터 해야 하는 거 아니야?"

"……솔직히 말하면 그 사람이 그랬다는 물적 증거는 없어. 게다가 섣불리 따지고 들어 봐야 그 사람은 분명 그런 적 없다고 발뺌할 테니까."

조세화가 인상을 찌푸리며 말을 이었다.

"또 그 외에도 그 사람은…….."

조세화는 나를 물끄러미 보다가 고개를 저었다.

"아니 아무것도 아니야. 아무튼 그 사람과 손잡는 일만큼은 싫어."

흠, 이거 꽤나 완고하군.

"다른 사람은 안 돼?"

조세화의 물음에 나는 잠시 망설이는 척을 하다가 고개를 저었다.

"아니, 오히려 그걸 알게 되니까 더더욱 그래야 한다고 생각해."

내 말에 조세화가 눈을 가늘게 떴다.

"그게 무슨 소리니?"

"들어 봐. 우선……."

나는 조세화에게 그녀가 광금후와 손을 잡아야 하는 이유에 대해 설명했다.

첫째, 현재 조광 그룹의 실세라고 할 인물은 다름 아닌 광금후라는 점.

이 상황에 만약 조세화가 광금후가 아닌 다른 인물을 찾아 접선하고자 한다면 이사진 입장에서는 조세화가 의도적으로 광금후를 견제하고 다른 사람과 함께 편을 먹어 조광 그룹의 경영권을 행사하려는 것이라 생각할 것이다.

그러면 위기감을 느낀 광금후 일파는 더욱 똘똘 뭉쳐 조세화를 견제하려고 할 것이며, 조세화는 더욱 고립되고 만다.

"……그리고 너도 잘 알겠지만, 세화 너는 이번 임시 주주 총회에서 '나는 경영에 개입할 생각이 없다'는 걸 적극적으로 어필해야 해. 네가 한국 땅을 떠나 유학을 가겠다는 것도 그런 퍼포먼스의 일환이니까."

조세화가 떨떠름해하는 얼굴로 고개를 끄덕였다.

"이해했어. 그런데 이게 첫째라는 건, 그다음도 있다는 거지?"

"응, 둘째로는 네 말을 듣고서 생각한 건데……."

둘째, 조세화가 광금후를 배척하기로 한다면, 광금후는 조세화가 구봉팔을 습격한 걸 알고 있다고 생각할 여지가 있었다.

합리적으로 판단했을 때, 조세화가 주주총회에서 결의한 내용을 통과시키려면 응당 '가장 세력이 큰 세력'과 손을 잡는 것이 마땅했다.

하지만 조세화가 그런 광금후를 배제하고 다른 인물을 택하여 접선을 한다면 조세화가 경영권을 내려놓지 않겠다는 생각을 할 다른 이사진과 별개로 광금후는 조세화가 자신이 구봉팔을 습격한 사실을 알고서 그랬을 거란 의심을 할 수도 있었다.

잠자코 내 말을 들은 조세화가 고개를 끄덕였다.

"……그럴 수도 있겠네. 셋째는?"

셋째, 조세화와 구봉팔의 관계를 부정하기 위함이다.

어쩌면 조광 그룹 내 이사진은 이미 구봉팔과 조세화가 긴밀하게 연결되어 있을 거란 생각을 하고 있을지도 모르나…….

'그러니 구봉팔 습격을 자행한 것이겠지만.'

하지만 이 상황에 조세화가 '구봉팔이 당한 일은 비극이긴 하지만 어쨌든 그러거나 말거나' 광금후와 손을 잡는다면, 세

간에 떠도는 '구봉팔은 조세화와 한편이다'라는 소문을 불식시킬 수 있을 것이다.

조세화가 탐탁지 않다는 듯 물었다.

"넷째는 없니?"

"……응. 지금 당장은."

사실 이다음 따라올 '넷째'가 가장 중요하지만 나는 거짓말을 했다.

"하지만 그러면 나중에 광금후 이사가 우리 회사를……."

조세화는 내 말에 무어라 따지고 들려다가 멈칫하더니 입을 꾹 다물었다.

'아마 조세화도 방금 이 네 번째를 이유를 떠올린 모양이군.'

넷째, 지금 광금후에게 힘을 실어 주어도, 그가 조광을 장악할 일은 없다.

광금후는 현재 조세화 안에서 조설훈을 살해하였단 혐의를 받고 있으며, 조세화는 언젠가 때가 오면 그 복수를 결행할 것이다.

설령 그 복수의 결말이 '용서'로 끝난다고 할지라도 상관없다.

왜냐면 우선, 김철수가 광금후를 가만히 내버려 둘 까닭이 없고, 그다음으론 광금후는 이미 마약 조직인 광남파와 밀접한 관계를 맺고 있단 점이 백일하에 드러날 일이 머지않았다는 것 때문이었다.

'어쨌거나 우리 입장에서는 광금후를 이용한 뒤 그를 내다 버릴 수 있다는 점이 그와 손을 잡았을 때 따라올 가장 큰 장점이지.'

조세화가 한숨을 내쉬었다.

"어쨌거나 성진이 네 말은 현 상황에서 내가 광금후 이사와 손을 잡는 게 여러모로 이득이 될 거란 말이지?"

"그렇다고 말하기보단 내 입장에선 그 수밖에 생각을 못 하겠어."

내 우물쭈물한 말을 들으며 조세화는 잠시 생각에 잠겼다가 다시 입을 뗐다.

"알았어, 그 사람이랑 만나 볼게."

"……그래."

말은 그렇게 하지만 내키지 않는단 투가 묻어나는 건 어쩔 수 없다고 생각해 주기로 했다.

조세화가 포도주스를 한 모금 마셨다.

"실은 얼마 전에 그 일로 양상춘 박사님과 상담을 한 적이 있는데, 그분의 대답은 너랑 달랐거든."

"그랬어?"

모른 척 말을 받았지만, 생각한 대로 조세화는 양상춘에게 꽤 의지하는 모양이었다.

'그나저나 양상춘은 광금후와 만남에 반대를 한 모양이군.'

하긴, 양상춘도 조세화와 마찬가지로 김철수로부터 '구봉
팔이 조설훈을 살해한 원흉'이란 식의 이야기를 들은 입장이
니까 지금 나보다 더 신중한 입장을 취하는 것 정도는 이해
해 주기로 했다.

'조세화에게 부친의 원수와 손을 잡으라는 제안은 그 정황
을 모르는 척하는 나이니 할 수 있는 말이고.'

조세화가 잠시 뜸을 들인 뒤 대답했다.

"박사님 말씀으로는 그 일로 경찰이 수사를 시작한 모양이
어서, 한동안 거리를 두는 게 어떻겠느냔 식의 말씀을 하시
더라고."

역시 경찰이 떡밥을 물었나 보군.

'마침 이쪽이 의도한 대로 움직여 준다니, 잘된 일이야.'

자, 그러면 어느 시점에 광금후와 관련한 정보를 풀어 볼
까.

속으로 음모를 꾸미는 사이 조세화는 나를 내버려 두고 양
상춘과 상담한 것이 내심 마음에 걸리는 듯 변명처럼 말을
이었다.

"지금 와서 하는 이야기지만 솔직히 너는 이런 일을 몰랐
으면 했고…… 그래서 그나마 너 다음으로 의지할 수 있는
어른인 박사님께 상담해 본 거야."

"괜찮아, 이해해."

조세화가 쓴웃음을 지었다.

"또, 그때 마침 광금후 이사가 나를 만나고 싶단 이야기를 전해 왔거든."

"……."

뭐?

조세화의 말에 나는 얼떨떨한 기분을 느끼고 말았다.

'광금후가 조세화한테 먼저 연락을 했다고?'

이건 생각이 없는 건지, 아니면 광금후의 그 과감성과 결단력을 칭찬해 줘야 할지 모르겠다.

'병 주고 약 주는 것도 아니고……'

정상적인 사고방식을 가진 사람이라면, 이 경우 조세화의 반응을 살피고 조세화로 하여금 그녀가 먼저 손을 내밀도록 유도해야 마땅하지 않나…….

잠깐.

혹시, 구봉팔 습격을 사주한 건, 광금후가 아니었던 건 아닐까?

'만일 그렇다고 한다면, 대체 누가 그런 일을 했단 거지?'

머릿속이 혼란스러웠다.

"성진아?"

조세화의 목소리가 내 상념을 깨웠다.

"아, 미안."

나는 헛기침 후 말했다.

"그렇다고 하니 잘됐네. 되도록 빠른 시일 내에 그 사람을

만나 보면 좋겠어. 그야 네 입장에서 내키지 않는 일이라는
건 잘 알지만…….”

“아니야. 나도 네가 무슨 말을 하려는 건지는 잘 알겠으니
까.”

조세화가 차갑게 대답했다.

“내키지 않아도 해야지. 그게 비즈니스라는 거잖아?”

“……그래.”

그리고 우리는 누가 먼저랄 것 없이 각자 한동안 침묵에
잠겼다.

이 시기, 신진물산의 재무제표에 의구심을 느낀 건 비단
이성진뿐만은 아니었다.

“선배님, 잠깐 이것 좀 봐 주시겠습니까?”

여진환의 부름에 강하윤은 그 자리로 갔다.

“무슨 일인데?”

“그게, 신진물산의 회계장부가 어딘지 이상한 거 같아서
요.”

회계에 대한 건 어릴 적 학교에서 용돈 기입장을 써 본 게
고작인 강하윤은 여진환이 책상에 펼쳐 둔 각종 숫자를 보자
마자 머릿속이 멍해졌지만, 선배로서 위엄을 보여야 한단 생

각에서인지 그 막막함을 내색하지 않았다.

"어떤 점이?"

"예. 여기 보면…….."

정식으로 영장을 발부받아 신진물산의 회계를 들여다보는 건 아니었다.

하지만 여진환은 자신의 인맥을 동원해 주주들에게 열람이 허락된 신진물산의 회계 장부를 손에 넣을 수 있었고, 한동안 여기 있는 모두가 마다하는 일을 자처하며 장부를 들여다본 결과 의심 가는 점을 캐치할 수 있었던 것이다.

이 자리로 강하윤을 부른 여진환 역시도 강하윤이 회계에 초보적 지식조차 없다는 걸 알고 있었기에 그는 강하윤에게 자신이 장부에서 발견한 위화감을 최대한 알기 쉽게 설명했다.

여진환의 설명을 들으며 강하윤은 음, 하고 고개를 끄덕였다.

"그러니까 여 형사 말을 종합하자면…… 신진물산이 어딘가 수상하단 의미지?"

강하윤도 마음 같아선 그가 방금 설명한 영업이익률이니 현금 흐름이니 하는 말을 다시 짚어 가며 맞장구를 치고 싶었지만, 그녀의 머릿속에서는 그 생소한 단어가 귀에서 뇌를 타고 어디론가 증발해 버린 거 같아서 그런 식의 질문밖에 던지질 못했다.

"예. 아직까진 어디까지나 감에 불과하지만요. 선배님 생각은 어떨지 궁금해서……."

"흠……."

"그야 저도 선배님이 이쪽 일은 잘 모른다는 건 알고 있지만, 일단 보고는 드려야 할 것 같아서 말입니다."

여진환의 말에 강하윤이 움찔했다.

'뭐야, 다 알고서 물어본 거였어?'

강하윤은 '그러면 나 말고 검사님이나 선배님께 여쭤보지 그러냐'고 쏘아 주고 싶었지만, 요 며칠 바쁘게 움직이며 얼굴도 못 본 박강호 검사는 말할 것도 없고, 정작 상담의 대상 중 한 사람인 정진건도 이런 경제 범죄에 대해선 영 젬병이었다.

'그렇다고 이걸 성진이한테 물어볼 수도 없고…….'

그녀가 알고 있는 경제인에 가장 가까운 인물이 이성진이니, 강하윤이 당장 머릿속에서 이성진 이름 석 자를 떠올린 것도 이상한 일은 아니었지만.

이성진은 이 일과 전혀 무관한 민간인이다.

그러잖아도 수사 초창기 이성진의 도움을 받은 일로 인해 결과적으로 이성진을 곤혹스럽게 만든 전적이 있다 보니, 강하윤은 이성진을 얼른 상담 후보군에서 제외했다.

'그러면 이 일에 대해 물어볼 사람은…… 아.'

강하윤의 머릿속에 왠지 적합한 인물 한 사람이 떠올랐다.

'양상춘 박사님은 어떨까?'

딱히 양상춘이 잘 알 거란 근거가 있어서 떠올린 생각은 아니었다.

그래도 양상춘은 강하윤이 알고 지내는 가장 '머리가 좋은' 사람 중 하나였고, 양상춘에게는 예전부터 수사 관련한 일로 조력을 받아 왔으니 이번에도 양상춘이 뭔가 알아주지 않을까 하는 근거에 바탕을 둔 생각이었을 뿐이었다.

"양상춘 박사님께 한번 여쭤볼까?"

게다가 보아하니 요즘 정진건도 양상춘과 상담을 주고받는 눈치였고.

여진환은 강하윤의 입에서 양상춘이 언급되자 조금 놀랐다.

'그 사람, 회계에도 일가견이 있었나?'

양상춘이라면 여진환도 만나 본 적 있었다.

여진환이 강하윤에게 수사 내용을 공유하려 그녀를 찾았을 때, 그날 강하윤은 양상춘과 단둘이서 술을 한 잔 마시고 얼큰하게 취한 상태에서 여진환에게 양상춘을 소개한 적이 있었다.

당시 양상춘은 여진환이 그 자리에서 들려준 이야기만 듣고서 장건후와 구봉팔의 관계를 추리해 냈고, 심지어 구봉팔이 '새마음아동복지재단'의 경영권을 타인에게 양도할 것이란 예언 아닌 예언까지 한 것이다.

'결과적으론 그 사람 말 대로였지.'

게다가 그는 장건후가 '의도를 가지고' 여진환에게 접근한 것일 거란 말도 했다.

당시엔 여진환도 양상춘의 말을 '생각이 과하다'며 흘려들었을 뿐이었지만, 지금 와서 생각해 보면……….

'……얼추 그렇지 않을까, 생각하게 하는 말들이기도 해.'

그런 생각과 별개로 여진환은 강하윤이 '애인'에 의존하고 있구나, 하는 생각이 들어 왠지 모르게 기분이 조금 나빠졌다.

"확실히, 그분이라면 큰 도움이 되겠군요."

여진환은 저도 모르게 비아냥거리는 투로 응수했지만—여진환은 그 직후 스스로도 왜 그랬는지 몰라 놀랐다—강하윤은 그가 비아냥댔다는 것도 눈치채지 못하고 고개를 끄덕였다.

"응. 나도 그렇게 생각해."

"……그런데 듣기로 그분은 이제 민간인 신분이 아닙니까? 그래서 수사와 관련한 사안을 공유해도 괜찮을지 모르겠습니다."

여진환의 지극히 상식적인 반박에 강하윤은 그것도 그러네, 하고 생각했다.

"그러면……."

"아닙니다. 그냥 해 본 말이었어요."

여진환이 손사래를 쳤다.

"뭐, 단순히 상담만 하는 정도라면 괜찮을 거라고 봅니다."

"……으응."

강하윤은 저번에 보았을 땐 꽤 쿵짝이 잘 맞는 것 같더니, 막상 그런 것도 아닌 모양이라고 생각하며 물었다.

"그럼 이번엔 나 혼자 다녀올까?"

"예?"

아무리 그래도 업무 시간에 연애질은 좀 그렇지, 하고 생각하면서 여진환이 쓴웃음을 지었다.

"아뇨, 선배님만 괜찮으면 저도 동행하겠습니다."

"다행이다."

강하윤이 꾸밈없이 웃었다.

"이제야 말하는 거지만 솔직히 나는 여 형사가 말한 걸 박사님께 어떻게 전달해야 좋을지 몰라서. 이 상황에 여 형사가 동행해 주면 큰 도움이 될 거야."

"……아, 예."

"그보다 연락부터 해 볼게. 혹시 바쁘실지도 모르잖아?"

"아, 지금 출판사에 재취업하셨다고 했죠."

"응. 생각해 보니까 나도 그 뒤로 박사님 뵙는 건 처음이네."

강하윤의 중얼거림을 들으며 여진환이 물었다.

"혹시 싸우셨습니까?"

"응?"

강하윤은 생뚱맞은 질문이라 생각했다.

"아닐걸? 최소한 나는 그렇게 생각하는데……. 왜?"

"그게…… 선배님께서 박사님과 오랜만에 연락하신다고 해서요."

강하윤이 쓴웃음을 지었다.

"그러게, 종종 안부 인사라도 해야 했는데. 지금처럼 우리 필요할 때만 박사님을 찾는 게 조금 그렇긴 하다."

강하윤의 말을 들으며 여진환은 '둘 사이가 깨졌나' 하고 생각했다.

"마지막에 뵈었을 때가 별로 좋지 않았던 거 같군요."

"음…… 그렇다면 그렇겠네."

말마따나 양상춘으로부터 '강 형사는 이쯤 해서 빠져라'는 식의 통보를 들었으니, 마지막 만남이 별로 좋은 형태는 아니었다.

"아무튼 연락드려 볼게. 잠시만."

"예, 선배님."

그럼에도 불구하고 양상춘의 손을 빌리려고 하는 강하윤을 보고 있자니, 어떤 의미로는 참 대단하다고 생각했다.

'그나저나 왠지 양상춘과 깨졌단 신호에서 안도의 기분이 드는 건…… 동출이 형 때문이겠지?'

여진환이 생각하는 사이, 자신의 자리에서 양상춘과 통화를 마친 강하윤이 수화기를 내려놓았다.

"잠깐이라도 좋다면 시간을 내 주신대."

"잘됐네요."

여진환은 왠지 속이 쓰리다고 생각하며 억지로 웃었다.

"이 와중에 시간을 내 주시는 걸 보면 혹시 박사님도 아직 미련이 있으신 거 아닙니까?"

"미련? 음……."

여진환의 말을 잠시 속으로 곱씹던 강하윤이 고개를 끄덕였다.

"그러게. 그럴지도 모르겠어."

"……."

여진환은 내심, 저렇게 안 봤는데 강하윤은─'어장관리'라는 용어가 없는 시대이니─연애 고수였구나, 하고 생각했다.

강하윤과 통화를 마친 양상춘은 무표정한 얼굴로 핸드폰을 접었다.

'상담할 게 있다고 들었지만, 분명 조광과 관련한 일이겠지.'

솔직한 심경으로는 양상춘은 이제 이 일에서 손을 떼고 싶었다.

그 생각은 얼마 전 정진건이 자신의 집을 다녀 간 이후 줄곧 이어지는 어느 깨달음 때문이었다.

양상춘 자신은 어디까지나 흥미 본위로 사건에 접근하고 있었을 뿐, 그 일에 어떤 사명이나 신념도 없었다는 것.

그러니 이 일로 인해 누군가가 죽거나 다치는 걸 스스로는 감당할 자신이 없다는 생각에 미치자 그는 자신이 지금껏 해 온 일에 회의를 느끼고 있었다.

'……그럼에도 불구하고 강 형사가 이번에는 무슨 정보를 가져올지 기대하는 내가 있어.'

양상춘은 자기혐오를 느끼며 몸서리를 친 뒤, 맨손 세수를 했다.

'어렵군, 어려워.'

사안 자체가 어렵다는 것은 아니었다.

안기부의 김철수란 인간이 핵심적인 정보를 가져다주고 난 뒤부터는 안갯속에 빠져 있던 것 같던 사건의 실체가 드러나며 '앞뒤가 맞아떨어지는' 상황이었다.

하지만 그 일에서 양상춘은 예전 같은 쾌감은커녕, 스스로도 잘 몰랐던 자신에 대한 혐오감이 내면에서 스멀스멀 피어오르는 중이었다.

'나는 혹시 김철수의 말을 의심하고 있는 것인가?'

그럴 리가.

광금후가 조설훈을 살해하였다는 말 자체는 자신이 돌이

켜 보아도 그럴듯했다.

'확실히, 생각해 보면 광금후야말로 조설훈을 살해할 동기와 능력이 충분한 사내지.'

실제로 광금후는 얼마 전 이사회에서 임시 의장을 맡았고, 현재 증권가에서는 광금후를 조광의 차기 오너로 점찍고 설레발 중이었다.

이 모든 것은 조설훈과 조지훈의 죽음으로 말미암은 결과였으며, 여기에 조세화가 조성광으로부터 얼마만큼의 유산을 상속받았는가 하는 건 중요하지 않았다.

'살인 혐의로 재판을 앞두고 있는 조세광은 말할 것도 없는 데다가, 오히려 지금 미성년자에 불과한 조세화는 최선을 다해 경영권 방어를 해야 하는 처지이고…….'

광금후 입장에서는 조세화로부터 경영권을 빼앗아 자신이 조광을 좌지우지하는 일이 시간문제일 것이며, (최근에는 도통 만나 보질 못했지만)조세화로서는 이성진을 끌어들여 주주들로 하여금 그들이 만들 합자회사를 승인하도록 설득하는 일이 전부다.

'이런 때에 안기부나 조세화는 광금후라는 악인을 어떻게 처단하려는 것인지.'

양상춘이 국과수에 재적해 있을 당시 숱하게 보아 온 '살인'을 택할 것인가.

아무리 세상에 죽어 마땅한 놈이 많다지만, 그걸 실천에 옮기는 일이며 묵인이란 간접적 수단으로 동조하는 건 또 다른 일인 것이다.

'뭐가 어쨌건.'

양상춘은 자신뿐인 사무실의 벽에 걸린 시계를 힐끗 쳐다보았다.

'일단 강 형사가 뭘 가져올지 알아봐야겠군.'

아직 시간은 조금 있으니, 양상춘은 강하윤과 만나기로 한 시간까지 업무에 매진했다가 자리에서 일어섰다.

양상춘이 일산출판사 근처의 로스트빈으로 가니, 강하윤과 여진환이 꽤 두툼한 서류를 가지고서 그를 기다리고 있었다.

"오랜만에 뵙습니다, 박사님."

"음."

양상춘은 고개를 끄덕인 뒤, 왠지 모르게 자신을 탐탁찮은 듯 바라보고 있는 여진환을 보았다.

"자네는 그러니까⋯⋯."

"여진환 형사입니다."

"마침내 형사가 되었군. 축하하네."

"아닙니다."

여진환이 커피에 남다른 열정이 있다는 걸 알고 있던 양상춘이 그에게 말했다.

"요즘은 덕분에 여기 올 때면 자네가 추천한 에스프레소를 즐기게 됐지 뭔가."

여진환을 내심 마음에 들어 하던 양상춘은 그답지 않게 일 부러 사교적인 말을 건넸지만.

"마음에 드셨다니 다행입니다."

정작 여진환은 이 드문 기회에도 불구하고 대답이 딱딱했다.

"그래, 주문은 아직 안 한 거 같으니 내가 사겠네."

그렇다고 양상춘도 그런 걸 깊이 의식하는 인물은 아니어 서, 여진환이 이번엔 공무로 왔으니 그러려니 생각하고 말 았다.

"감사합니다, 박사님."

여진환은 멀어지는 양상춘을 보며, 그가 저번에 보았을 때 보다 수척한 건 상실의 고통 때문이리라 어림짐작했다.

이윽고 주문을 마친 양상춘이 강하윤과 여진환이 기다리 고 있는 테이블로 왔다.

"그래, 오늘은 어떤 일로 나를 다 찾았나?"

"아, 예. 다름이 아니라 박사님께 여쭤보고 의견을 듣고 싶 은 게 있어서요."

강하윤이 대답하며 서류를 펼친 뒤 양상춘 앞으로 밀었다.

'이제는 나한테 기업 회계 장부까지 가져오나' 싶어 조금 어처구니가 없었던 양상춘은 '이건 내 전공이 아니'라며 사양 하려다가 서류에 기재된 회사명을 보곤 멈칫했다.

'신진물산?'

신진물산이라고 하면 광금후가 사장으로 있는 회사다.

그리고 강하윤이 그 신진물산의 회계자료를 가지고 자신을 찾아왔다는 건, 여기서 무언가 찾아냈다는 의미일 터.

강하윤은 양상춘의 표정을 살핀 뒤, 여진환을 보았다.

"여 형사, 여 형사가 발견한 걸 박사님께 말씀드려 봐."

사실 양상춘도 회계를 잘 아는 편은 아니었지만, 여진환의 설명이 꽤 구체적이고 자세했던 덕에 그가 발견한 장부 속의 위화감이 어디서 기인했는지 얼추 눈치챌 수 있었다.

다만 양상춘이 어렵지 않게 요지를 파악할 수 있었던 것은 비단 여진환의 설명이 자세해서 그랬던 것뿐만은 아니었다.

'광남파로부터 뒷돈이 들어오고 있는 것인가.'

양상춘은 김철수로부터 광금후가 광남파라는 지방 마약 밀매 조직과 연결되어 있다는 것을 알고 있었기에, 만일 회계에 문제가 있다면 거기서 온 것이리라 생각할 수 있었던 것이다.

'그렇다고는 해도 내가 어느 선까지 관여해도 좋을지.'

어쩌면 자신의 조언으로 인해 조세화와 안기부가 하려는 일에 훼방을 놓을 수도 있다는 생각에 양상춘은 선뜻 무어라 말하기 어려운 심정이었다.

'아니지.'

양상춘은 퍼뜩 생각이 미쳤다.

'오히려 이 일에 경찰이 빠르게 개입하면 할수록 좋은 일이 아닌가?'

이 일에 경찰이 나서 준다면 그는 다른 누군가의 사적 제재가 아닌, 국가 사법 시스템에 의한 처벌로 목숨만큼은 건질 수 있게 될 것이다.

광금후가 죽어 마땅한 인간인 것과 별개로, 양상춘 개인은 아직 풋풋한 조세화의 손에 피를 묻히게 하고 싶지 않았던 것이리라.

'그래, 경찰이 나서 준다면.'

생각을 마친 양상춘은 어딘지 모르게 속이 후련해진 것을 느끼며 입을 뗐다.

"즉, 정리하자면 자네는 신진물산이 안정적인 흑자 수익을 내고 있단 것에 위화감을 느꼈다는 건데…… 그래서 구체적으로는 어떻다는 거지?"

양상춘의 말에 여진환이 머리를 긁적였다.

"솔직히 말씀드리면 저도 왜 이걸 이상하게 생각하고 있는지 잘 모르겠습니다."

"말하자면 직감이로군."

여진환은 양상춘의 지적을 떨떠름한 얼굴로 마지못해 수긍했다.

"……예."

"그리고 그건 일종의 확증 편향에 기인한 감각인가?"

양상춘의 말을 들으며 여진환이 한숨을 내쉬었다.

"말씀을 듣고 보니 어쩌면 그럴지도 모르겠습니다."

"아니, 그걸 탓하려는 건 아니네. 실제로 광금후가 어딘지 수상쩍다는 건 나도 줄곧 생각해 오던 바이니까."

강하윤이 커피를 마시다 말고 끼어들었다.

"혹시 이번 일에 대해 선배님께 들으셨습니까?"

"이번 일이라면?"

"저, 그게……."

민간인 신분인 양상춘에게 어디까지 정보를 공유해야 좋을지 몰라 강하윤이 망설이자 양상춘이 픽 웃었다.

"농담일세. 맞아, 정 형사가 내게 말하더군. '구봉팔이 습격을 당했'다면서. 그리고 그 일로 광금후를 만나 보았다는 말도 했네."

강하윤은 '알면서 왜 모른 척했대' 하고 생각하며 떨떠름한 얼굴을 했다.

"선배님께 들으셨군요."

"음, 뿐만 아니라 나는 자네들이 조설훈 살해의 원흉으로 광금후를 생각하는 중인 것도 알고 있네."

강하윤과 여진환은 서로의 얼굴을 보았다.

그가 이 정도로 잘 알고 있다면 구태여 무슨 일로 신진물산을 조사 중인지 숨길 필요가 없을 것이다.

시선을 교환한 뒤, 강하윤이 목소리를 조금 낮춰 말했다.

"박사님은 어떻게 생각하십니까?"

"지금으로서는 유력하다고 생각 중이네."

양상춘의 확답에 강하윤은 화들짝 놀랐다.

"정말이십니까?"

"왜 놀라나?"

"아뇨, 그게……."

강하윤이 머리를 긁적였다.

"저희 내부에서도 그런 이야기가 나온 것은 사실입니다만 박사님께서 확답을 하실 거라곤 생각하지 못해서……."

"이를테면 결행 능력의 유무로 의견이 갈렸겠군."

"예, 그렇습니다."

"음, 나도 자네가 회계 장부 속의 위화감을 지적하기 전까진 그렇게 생각했지."

양상춘의 말에 여진환이 눈을 깜빡였다.

"무슨 말씀이십니까?"

"그걸 말하기 전에……."

양상춘은 에스프레소를 한 모금 마셔서 비운 뒤, 입맛을 다시며 입을 뗐다.

"……일단 조광이란 회사가 어떤 식으로 이 무수한 자회사들에 영향력을 행사해 왔는지, 그 구조부터 알아볼 필요가 있겠군."

신진물산 자체는 건실한 회사이지만, 그렇다고 해서 광금후가 그들이 '유령'으로 일컫는 전문 킬러—현실 세계에 그런 것이 있다면—를 고용할 만한 여건이며 인맥이 있는가 하는 문제는 따로 논해 볼 문제였다.

얼핏 보기에는 조광이 각 자회사에 경영권을 침해하지 않는 자율성을 보장해 주는 것처럼 보이지만, 실상은 그렇지 않았다.

조광 그룹의 지배 구조는 조광 그룹 본사를 중심으로 무수한 자회사를 통해 이루어진다.

이는 아직 시스템적인 한계로 인한 이 시대 유통업의 필연이기도 했지만 그 당시 조성광 회장이 떠올린 최선의 방책이기도 했다.

조성광이라고 해서 처음부터 물류 유통에 큰 뜻을 품고 이 사업에 뛰어든 것은 아니었다.

하지만 시대의 요구에 따라 슬슬 '합법적 사업체'로 신분을 세탁할 필요성을 느낀 조성광은 당장 자신이 가진 힘으로 무엇을 하면 좋을지 잘 알았다.

중앙에서 하부 조직을 감시하고 그 경영권에 간섭하는 일에 유통업만큼 괜찮은 일은 많지 않았으니, 그런 의미에서 보자면 무수한 조폭을 인수합병 하듯 집어삼키며 성장한 조광이 언제고 딴생각을 품을 수 있는 하부 조직 감시를 겸할 수 있는 유통 사업을 업으로 삼고자 했던 건 조성광 입장에서 두 마리 토끼를 잡는 방책이었던 것이다.

그런 조광의 지배 구조상 어느 자회사 하나가 특출하게 잘 나가기란 쉽지 않았다.

만약 그런 회사가 나타난다면 조광은 해당 자회사를 다시 쪼개거나 본사의 영향력을 확장하는 식으로 자회사에 간섭해 왔고, 이런 일이 몇 해가량 반복된 끝에 조광에겐 무수한 자회사가 생겨났다.

더군다나 특정 자회사가 사실상 국내 유통업계를 독점하다시피 하고 있는 조광의 눈을 피해 독립하기란 쉽지 않을 터.

심지어 얼마 전에는 국회의원 후보인 박상대를 통해 제 입맛대로 움직일 수 있는 노조를 결성하고자 한 움직임마저 보였으니, 그것이 성사되었다면 그 순간 조광 그룹의 천년왕국이 완성되었으리라.

그러니 조광이란 그룹은 막강한 중앙 본사를 중심으로 그 아래 고만고만하고 무수한 도토리들이 이사회를 결성하여 그들끼리 동맹과 협잡, 배신이 난무하는 '파벌 다툼'이 생겨나는 배경이 만들어질 수 있었다.

어쨌건 그런 상황에 모난 돌이 정 맞는다고, 신진물산 역시 납작 엎드리지 않으면 언제고 중앙으로부터 간섭을 받았을지 모르는 상황에 남들보다 더 잘할 수는 없었을 것이다.

하지만 호랑이 없는 굴에는 여우가 왕이 되는 법, 지금은 모종의 이유로 중앙이 텅 비고 말았다.

여기서 두각을 나타내기 시작한 여우들의 왕이 신진물산

의 광금후로, 다른 자회사들에 비해 여력이 있던 그는 자신을 중심으로 한 새로운 파벌을 만들어 조광을 집어삼키려 하고 있는 것이다.

"……여기서 관건은."

광금후가 말을 이었다.

"신진물산이 여우들의 왕이 된 것이 어쩌다 보니 상황이 맞아떨어져 생긴 우연인가, 아니면 이렇게 될 줄 알고 작정한 것인가 하는 것이겠지."

여진환이 고개를 끄덕였다.

"그리고 박사님께서는 그걸 장부에서 확인하셨다는 말씀입니까?"

"자세한 건 다른 자회사들과 비교해서 분석하면 더 좋겠지만…… 현재 정황으론 신진물산이 그룹 내 타 자회사들에 비해서 '여력'이 있었다는 걸 생각할 수 있겠단 걸세."

'여력'이라.

여진환은 양상춘의 말을 속으로 곱씹었고, 강하윤은 고개를 갸웃하며 물었다.

"그게 무슨 말씀이십니까?"

"신진물산에는 그들이 하는 정상적인 영업 외 수익이 들어오는 다른 주머니가 있을지도 모른단 의미지."

강하윤은 멍하니 허공을 보다가 고개를 저었다.

"다른 주머니? 다른 곳에서 따로 돈이 들어올 수도 있다는 말씀입니까?"

"음. 나도 이곳 일산출판사에 몸담으면서 알게 된 일이지만, 유통업계는 그 수익이 대부분 채권으로 책정되네. 하지만 신진물산의 경우는 유달리 현금 보유량이 늘어났더군. 그것도 몇 년 새 꾸준하게 말이야."

"……돈을 잘 벌면 좋은 거 아닙니까?"

"그래. 하지만 여기서는 그 돈의 출처가 중요하지. 내 생각에 여 형사가 장부에서 위화감을 느꼈다면 바로 그 부분일 거라고 생각하네."

양상춘과 강하윤의 대화를 들으며 여진환은 '그래서였구나.' 하고 고개를 주억거렸다.

"즉, 박사님 말씀은 신진물산이 본사에 보고하는 매출총액의 양과 달리 그 매출의 근거가 되는 출처를 밝히지 않고 속여 왔단 말씀입니까?"

"그래. 그런 의미에서 나는 자네가 장부를 잘 보았다고 생각하네."

"아닙니다."

여진환이 멋쩍게 웃었다.

"저도 실은 박사님 말씀을 듣고서야 제가 어디서 위화감을 느낀 것인지 깨달았습니다. 과연, 현금 보유량이 이상했던 거군요."

여진환이 말을 이었다.

"다만 그렇다면 어떻게 그게 가능했을까요? 박사님께서 말씀하신 조광 그룹의 지배 구조상, 본사가 그걸 모르기는 힘들 거라고 봅니다만……."

"하지만 결과적으로는 들키지 않고 여기까지 오지 않았나?"

"……."

여진환은 '그것도 그러네.' 하고 생각하며 입을 꾹 다물었다.

사실, 이들은—심지어 이성진조차도—모르고 있지만 당시 조설훈은 당장 자신의 승계며 박상대 일이 급했기에 마음만 먹으면 언제든 짓밟아 버릴 수 있는 광금후의 수작질 따윈 잠시 뒤로 미뤄 두었을 뿐, 광금후가 다른 주머니를 차고 있다는 것이 밝혀지는 건 시간문제였다.

그래서 이성진이 '결말로만 알고 있는' 원래 역사 속에서는 이 일의 과정과 결과가 지금과는 사뭇 달랐다.

"어쨌건 '결과적'으로 신진물산의 광금후는 조광에 들키지 않고 다른 주머니를 챙길 수 있었다는 것이 우리가 장부에서 유추할 수 있는 내용의 전부인 것이지. 그리고 그 주머니가 뭔지를 밝혀 내는 것이 경찰인 자네들이 해야 할 일일 테고."

결국 기껏 양상춘을 찾아왔음에도 위화감의 원인이 무엇이었는지 알아냈을 뿐, 핵심이 되는 사안은 여전히 안개 속이었다.

여진환이 조금 낙담하려는 찰나 강하윤이 물었다.

"그러면 박사님께선 그 출처에 대해 짐작 가시는 게 있습니까?"

에이, 아무리 그래도 양상춘이 거기까지 알 리가…….

여진환의 생각과 달리 양상춘은 금세 답을 내놓았다.

"내 생각에는 조광의 영향력이 미치지 않는 비수도권, 그러니까 지방 쪽이지 않을까 하네."

지방?

여진환이 반박했다.

"하지만 박사님, 조광은 지방 진출에 실패하지 않았습니까? 그런데 그걸 신진물산에서 어떻게……."

"그러니 하는 말이지. 그곳까진 본사의 감시가 미치지 않는 곳이란 의미에서 말일세."

"……."

"오히려 나로선 그 외에 신진물산이 본사의 눈을 피해 뭔가를 하는 다른 방법이 생각나질 않는군."

양상춘은 자신이 정해 둔 결말로 이들을 유인하기 위해 연기를 했다.

"그리고 내가 알기로 조광이 '지방 진출에 실패'했다는 건 어디까지나 그들이 수도권에서 하듯 물리적인 수단을 동원할 수 없다는 의미에서이지, 합법적인 사업체로는 그럴듯한 자회사가 지방에도 몇 개인가 있다고 알고 있네."

즉, 조폭으로서는 실패했지만 사업가로서는 성과가 있었단 의미였다.

"그러니 자네들이 '조광도 알아내지 못한' 수단을 찾고자 한다면, 그들의 영향력이 미치지 않는 지방 쪽에서 뭔가 나오지 않을까 싶군."

양상춘이 그럴듯한 단서를 던져 주었다곤 하나 막막하긴 매한가지였다.

심지어 지방이라고 한다면, 그들의 관할 밖이었다.

아니 정확히는 광수대에 그런 권한이 있긴 하되, 그들이 있는 곳은 광수대 내에서도 비공식 조직인 데다가 박순길과 협업한 것을 제하면 제대로 된 협력을 해 본 적이 없다는 것이 강하윤과 여진환이 느끼는 당혹감의 주된 이유였다.

그런 정치적 요소까지는 고려하지 못한 양상춘은 꽤 큼직한 힌트를 던져 주었음에도 강하윤과 여진환의 표정에 당혹감이 가시지 않자 의아해하며 물었다.

"다소 막막하다는 건 나도 알겠다만, 뭔가 문제라도 있나?"

"아닙니다."

강하윤이 쓴웃음을 삼키며 대답했다.

"많은 도움이 되었습니다, 박사님."

"그랬다니 다행이군."

어쨌건, 양상춘의 말마따나 '그 주머니가 뭔지를 밝혀 내는 것'은 경찰인 자신들의 몫이었으니까.

⚜

그 뒤 슬슬 회사로 복귀해 봐야겠다는 양상춘의 말도 있고
해서, 강하윤과 여진환 두 사람도 광수대로 돌아가기로 하며
차에 올라탔다.

그사이 강하윤의 운전 실력이 어떤지 잘 알게 된 여진환이
자연스레 운전석에 올랐고, 강하윤은 조수석 벨트를 맸다.

두 사람은 각자 생각에 잠겨 차가 공도로 빠져나올 때까지
아무런 말도 하지 않았고, 강하윤이 먼저 침묵을 깨트렸다.

"여 형사는 박사님이 하신 말씀을 어떻게 생각해?"

여진환은 잠시 생각하다가 대답했다.

"새겨들을 필요가 있다고 봅니다."

여진환이 말을 이었다.

"현 시점에서 광금후가 조광 그룹 내 이사진 중 가장 두각
을 나타내는 것도 사실이고요."

왠지 모르게 결과론에 끼워 맞춘 느낌이 물씬 풍기긴 했지
만, 여진환은 자신이 그 말을 마지못해 수긍하고 있는 것이
석동출 때문일 거라는 걸 스스로도 자각하고 있었다.

당시로서는 어쩔 수 없는, 그나마 최선의 선택이었다고 합
리화를 해 보려 해도 석동출의 위증이 결국 조폭과 결탁한

것임을 받아들이기엔 여진환의 자존심이 용납지 않았던 것이다.

'······그나저나 동출이 형은 대체 어디서 뭘 하고 있는 건지.'

강하윤은 저도 모르게 미간을 찌푸리는 여진환을 힐끗 쳐다보았다가 창밖으로 고개를 돌렸다.

"왠지 내가 보기에는 별로 그런 거 같지 않은데?"

"······아닙니다."

여진환은 생각하는 게 얼굴에 드러났나, 쓴웃음을 지었다.

"그냥 개인적인 이유에서 그럴 뿐이에요. 박사님이 하신 말씀 자체에 모순은 없다고 생각합니다."

"개인적인 이유?"

"······석동출 형사 때문입니다."

아.

강하윤은 새삼 여진환이 석동출과 사적인 친분이 있었다는 걸 자각했다.

"친했어?"

"말씀드렸는지 모르겠는데 제 고등학교 선배거든요."

"응, 병원에서 들었어."

"제가 봐 온 그 형은······ 올바른 사람이었거든요."

여진환은 강하윤이 더 묻지 않았음에도 자발적으로 말을 이었다.

"실은 제가 경찰이 되려고 한 것도 그 형의 영향이었고요."

"그 정도인 줄은 몰랐는데."

"제가 아는 동출이 형은 불의와 타협하지 않는 사람이었습니다. 언제나 자신이 믿는 신념대로 행동하는 사람이었죠."

여진환이 운전대를 꾹 쥐었다.

"그래서 저는 아직도 형이 어째서 위증을 했는지 모르겠습니다. 나이가 들면서 변한 건지, 아니면 처음부터 그런 사람이었는지……."

강하윤은 여진환의 말을 들으며 위로를 해야 하나, 하고 생각했다.

강하윤에게 석동출은 성실하긴 하되 어느 정도는 다혈질이고, 정의롭긴 하되 그 정의는 자기 자신의 자의적 해석을 기준으로 삼는 인물이었다.

'그래도 이해는 가.'

자신이 평소 알고 있던 인물이 자신이 아는 것과 다른 행동을 했다면, 그 괴리감을 직시하기란 꽤 고통스러운 일이다.

하물며 그것이 나쁜 쪽이라면 더더욱.

생각을 마친 강하윤이 조심스레 입을 뗐다.

"이건 경찰이라는 내 입장을 내려놓고 하는 말이지만, 그 상황에선 최선의 선택이었을 거라고 생각해."

"……본인의 목숨이 달린 일이었으니까요?"

"아니. 그런 게 아니야."

강하윤이 고개를 저었다.

"만약 범인…… 그러니까 유령을 뒤에서 사주한 사람이 광금후였다면, 그는 어떻게 해서든 결국 조설훈을 죽였을 거야. 말 그대로 지금 결과가 그러니까. 하지만 만약 그때 석동출 형사가 범인에게 저항했다면…… 현장에 시체가 한 구 더 늘어났을 뿐이겠지."

"……."

"그리고 석동출 형사가 위증을 한 것은 석동출 형사 개인의 위신을 위한 것도 아니었어. 우리끼리 하는 이야기지만 배성준 형사의 남겨진 가족을 위해서였지. 아마 석동출 형사가 경찰을 관둔 것도 그런 자기모순적인 태도를 견디기 힘들어서였을 거야."

여진환은 강하윤이 자신을 위로해 주려 이런 말을 하는 걸 알면서도 정작 입에서 나온 건 날선 목소리였다.

"그 결과가 범인에게 유리한 방향으로 흘러가더라도요?"

"……그래. 결과적으로는. 그 바람에 수사가 지연되었고, 친동생을 살해한 조설훈의 악행도 묻히고 말았지."

"……."

"그래도 이렇게 생각해 볼 수도 있지 않을까?"

"뭘요?"

"만약 나중에라도 석동출 형사가 공식적으로 현장의 진실을 말했더라면, 그 결과는 어떻게 됐을까?"

"……."

배성준은 결과적으로 개죽음을 당한 채 그 남겨진 가족에게 연금이 돌아갈 일이 없었을 것임은 물론이거니와, 그 일에 소극적으로나마 동조한 석동출도 징계를 피하기 어려웠을 것이다.

뿐만 아니라 해당 스캔들이 모조리 폭로되고 난 뒤 조광 그룹에 어떤 일이 닥칠지에 대해선 상상하기조차 어렵다.

심지어는 설령 석동출이 현장에서 있었던 일을 소상히 밝혔다 하더라도 '유령'과 그 배후의 장본인을 색출하는 데 성공했으리란 보장은 가능할까.

오히려 진상에 바짝 다가간 지금과 달리, 그때의 진실은 더 깊은 그림자 속에 잠겨 들어 실마리조차 잡질 못하게 되지는 않았을까.

"……그래도 형이 저한테 귀띔 정도는 줄 수 있었을 거라고 생각합니다."

여진환도 말하고 보니 자신의 감정이 서운함을 토로하는 어린애 투정에 불과하다는 걸 자각했지만, 나온 말을 주워 담을 수는 없는 법이다.

강하윤도 여진환의 그런 내면을 눈치챘지만 일부러 모른 척하며 말을 받았다.

"그야 알 수 없는 일이지. 석동출 형사도 나름대로 여 형사가 위험한 일에 발을 들이지 않았으면 했던 거 아닐까? 어쨌거나 상대는 전문 킬러를 고용할 정도의 사람이니까."

강하윤의 말을 들으며 여진환은 희미하게 웃었다.

"그럴지도 모르겠군요. 동출이 형은 예전부터 뭐든 혼자서 속으로 끙끙 앓던 바보거든요."

"······응."

여진환이 미소를 거두며 딱딱한 얼굴로 입을 뗐다.

"그나저나 그런 거라면, 동출이 형은 경찰을 관두고 이 일을 혼자서 처리해 보려고 생각하는 걸지도 모르겠습니다."

"그래?"

"그런 사람이거든요."

여진환이 말을 이었다.

"그러니 좀 더 빠르게 움직여야겠습니다."

여진환의 말을 들으며 강하윤은 석동출이 그런 사람인가, 하고 생각해 보았지만 만난 지 몇 번 되지도 않은 사람을 이렇다 저렇다 평가하는 건 지양해야 할 일이라고 생각해 아무런 말도 하지 않았다.

'······그래도 정황을 생각해 보면 그럴지도 모르겠네.'

어쨌거나 석동출은 다짜고짜 김보성 검사 사무실에 쳐들어가 문짝을 부숴 먹을 정도로 행동력 하난 알아줘야 할 사람이니까.

'바보 같긴 하지만 굳이 이 자리에서 내 감상을 말할 필요도 없고.'

그렇다고는 하나 영화도 아니고, 전직 형사 혼자서 악의 조직을 끝장내는 일이 가능할 리가 없으니, 석동출이 정말로 그러고자 하고 있는 거라면 여진환의 말마따나 지체하지 말고 빠르게 움직일 필요는 있을 것 같았다.

"그나저나."

여진환이 툭하고 입을 뗐다.

"선배님은 상냥하시네요."

"응?"

"솔직히…… 제가 말하고도 좀 그렇긴 하지만, 그냥 무시해버려도 좋을 푸념에 진지하게 생각해 주시지 않았습니까?"

"뭘……. 그 정도야."

제법 노골적인 칭찬에 민망함을 느낀 강하윤은 괜스레 테이크아웃해 온 아이스아메리카노를 빨대로 쪽 빨았다.

"선배로서 부하의 상담 정도는 얼마든지 해 줄 수 있지."

"하하."

강하윤이 쑥스러움을 감추려하는 걸 보며 여진환이 웃었다.

"저희끼리 하는 이야기지만 형한테는 안됐네요."

"응? 석동출 형사가 왜?"

"그 형, 선배를 마음에 들어 하는 눈치였거든요."

"……어어."

이 갑작스런 간접 고백에 강하윤은 기쁨보다도—그도 그

럴 게 보면 얼마나 봤다고—당혹감을 느꼈다.

"아, 혹시 기분 나쁘셨습니까?"

"……그보단 조금 놀라서. 실은 그런 쪽으론 전혀 생각해 본 적이 없거든."

"하하, 뭐……."

"게다가 우리끼리 하는 이야기지만 석동출 형사 정도면 나 말고 좋은 사람 만나 볼 기회도 더 있지 않겠니?"

강하윤은 멋쩍은 기분에 커피를 쪽 빨았고, 여진환은 그런 강하윤을 보며 웃었다.

"그래도 선배님께 임자가 있었다는 걸 미리 알고 있었다면 형도 깨끗이 단념했을 테니까 너무 깊이 생각하진 마십쇼."

"임자?"

강하윤의 말을 여진환이 태연하게 받았다.

"예. 선배님, 양상춘 박사님과 사귀는 사이잖습니까."

"풉!"

강하윤이 마시던 커피를 뿜었다.

강하윤과 여진환이 광수대로 복귀하니 정진건과 방승혁 수사관이 복귀해 있었다.

"아, 왔군. 마침 어디 갔는지 전화를 해 보려…… 했는데."

정진건이 말을 하려다 말고 강하윤을 보았다.

"강 형사, 혹시 열이라도 있나?"

"예?"

"아니, 얼굴이 빨개서."

강하윤은 옆에 선 여진환을 흘겨본 뒤, 크흠, 하고 헛기침을 했다.

"아닙니다. 컨디션은 멀쩡합니다."

"그렇다니 다행이고……. 어디 다녀온 길인가?"

"아, 예. 양상춘 박사님을 뵙고 상의를 드리고 싶어서 다녀오는 길입니다."

강하윤이 말을 이었다.

"선배님 핸드폰에 문자메시지로 보냈는데…… 혹시 못 보셨습니까?"

"문자메시지?"

"예, 핸드폰에 보시면……."

정진건은 그제야 핸드폰을 꺼내 문자메시지를 확인했다.

–양상춘 박사님을 뵈러 외근 다녀오겠습니다.

문자를 확인한 정진건이 고개를 주억거렸다.

"거참, 이런 기능도 있었군. 세상 참 좋아졌어."

그걸 정진건이 그답지 않게 비꼬는 거라고 생각한 강하윤이 꾸벅 고개를 숙였다.

"죄송합니다. 전화를 드리려니 바쁘실 거 같아서……."

"아니, 아니야. 힐난하려는 게 아니고…… 음?"

정진건이 말을 하다 말고 멈칫했다.

'문자메시지?'

정진건이 강하윤에게 물었다.

"강 형사, 혹시 증거품 중에 배성준 형사의 핸드폰이 있나?"

"예? 아, 확인해 보겠습니다."

강하윤이 서류를 뒤적이는 걸 본 뒤, 정진건이 여진환을
보았다.

"그사이 여 형사에게는 무슨 일로 양 박사를 만났는지 보
고를 들었으면 싶군."

"예."

강하윤을 도우러 가려던 여진환이 대답했다.

여진환에게 양상춘을 만나서 들은 이야기를 소상히 전해
들은 정진건이 고개를 끄덕였다.

"공교롭군. 마침 나도 방 수사관님과 그 일을 알아보려 다
녀온 길일세."

"그러셨습니까?"

"음, 몇 년 전 일이기는 하지만 조광 그룹에서 창원 개발에
관여했던 적이 있거든. 알아보니 그때 담당자가 광금후였다
지 뭔가."

정진건의 말을 들으니 자신들이 장부를 뒤져 가며 어렵사리 추리한 내용을 이 베테랑들은 간단히(?) 찾아냈다는 것에 여진환은 살짝 회의감이 들었다.

정진건은 그런 여진환의 씁쓸한 기분을 안다는 듯 그 어깨를 가볍게 툭 두드렸다.

"뭐, 그래도 여 형사가 찾아낸 것은 잘만 하면 영장을 발부할 만한 물적 증거일세. 잘했어."

"……예."

"또, 그 거래가 지금도 지속되고 있는가는 또 달리 알아볼 문제이고…….."

방승혁이 턱을 긁적이며 끼어들었다.

"아무튼 타 지역 경찰들과 협조는 불가피하게 됐군요. 다행히 건너 건너 아는 분이 창원 쪽에서 근무하고 계시니 그쪽은 제가 알아보겠습니다."

"그래 주시겠습니까?"

"맡겨 주십쇼. 이럴 때 쓰라고 인맥 쌓아 두는 거 아니겠습니까."

내심 경찰들 사이의 관할 알력 다툼을 어떻게 풀어 가면 좋을지 난감하던 정진건에게는 꽤나 희소식이었다.

"선배님, 찾았습니다."

강하윤이 서류를 들고 왔다.

"배성준 형사가 사용한 핸드폰이 자료 보관실에 있었습니다."

"그런가?"

그건 당시 석동출이 112를 눌러 지원 요청을 한 이력이 있는 핸드폰이었다.

다만 그 핸드폰의 수신 및 착신 이력은 소위 '대포폰'이라 불리는 것으로 이루어져, 경찰은 배성준이 누구와 통화를 했는가 하는 건 밝혀 내지 못한 채 증거품만 놔두고 있었던 것인데, 정진건은 강하윤의 이야기를 듣고서야 신기술인 문자 메시지 발신 이력이 남아 있을지도 모른다는 맹점을 깨달은 것이다.

그리고 당시 자료를 정리하던 게 정진건 본인이었다 보니, 만약 거기서 새로운 증거가 나오면 경위서 하나둘쯤은 써야겠다고 생각했다.

"그러면 강 형사는 그걸 좀 가져와 주겠나?"

"예, 알겠습니다."

솔직히 그 스스로도 별로 기대는 안 하지만······. 일단 해 볼 수 있는 건 다 해 봐야 하니까.

"다녀왔습니다."

거실에서 손주들과 놀아 주고 있던 이휘철이 시계를 힐끗 보았다.

"일찍 왔구나."

"예."

아무리 일 때문이라고는 하지만 교외에 위치한 조세화가 물려받은 집과 분당의 내 회사 간 거리가 꽤 멀다 보니 나도 차마 조세화가 딸려 보낸 운전수들에게 회사까지 태워 달라는 말은 할 수 없어서 곧장 퇴근하는 길을 택했다.

'마침 이휘철에게 용건도 있고.'

이휘철이 나를 소파로 불렀다.

"안 그래도 잘 왔다. 일찍 온 김에 네 동생들과 좀 놀아 주어라."

이휘철은 이유진을 내게 넘기곤 칭얼거리는 이하진을 안아 들었다.

"휴우, 이거 참. 너랑 희진이가 어릴 때 못 놀아 준 벌을 이제 몰아 받는 거 같구나."

말은 그렇게 해도 이휘철은 손주들을 보살피며 보내는 은퇴 후의 이 삶을 꽤 만족스러워하는 눈치였다.

'전생 이맘때를 생각해 보면 있을 리 없는 사람이 셋이서 거실을 차지하고 있는 셈이로군.'

나는 이유진이 내 볼을 잡아당기는 걸 말리며 대답했다.

"앞으론 저도 일찍 오도록 하겠습니다."

"녀석. 왜, 이젠 회사가 좀 궤도에 오른 것 같으냐?"

"아직 갈 길이 멀긴 하지만 어느 정도는요."

이휘철은 내 말에 피식 웃었다.

"없는 일도 사서 만드는 게 이 집안 전통이지. 너도 내 핏줄이니 그럴 것이야."

"……예."

내 입장에서는 솔직히 그렇다고 인정하기에도 뭣한 말이었지만, 현재로선 이휘철의 말마따나 '사서 고생한다'는 말이 잘 들어맞았다.

이휘철이 물었다.

"보아하니 회사로 출근을 한 것 같지는 않고…… 어디 다녀오는 길이냐?"

"조세화를 만나고 오는 길입니다."

내 말에 이휘철이 고개를 끄덕였다.

"그래, 안 그래도 슬슬 때가 되었지. 어떠냐, 그쪽 일은 잘 풀릴 것 같으냐?"

"솔직히 말씀드리면 아직 잘 모르겠습니다."

이휘철이 눈을 가늘게 떴다.

"흐음, 잘 모르겠다? 어떤 점이?"

"……조세화가 가진 지분만으로는 일이 잘 안 풀려서요. 이것만으로 이사들을 설득할 수 있을지 잘 모르겠습니다."

"끌끌."

이휘철이 웃었다.

"보아하니 내게 무언가 부탁할 게 있어서 밑밥을 까는 중이구나."

"……."

나는 이휘철을 상대로 심리전은 통하지 않는다는 걸 새삼 깨달았다.

"뭐, 좋다. 일단 어디 한번 들어나 보자꾸나. 내가 뭘 해 주면 좋겠느냐."

나도 빠르게 본론으로 갈 수 있는 건 좋다.

"집을 한 채 사 주셨으면 합니다."

"으잉, 집?"

이휘철은 나를 물끄러미 바라보다가 너털웃음을 터뜨렸다.

"하하하, 녀석. 무슨 부탁을 하려는가 했더니."

이휘철이 이하진을 무릎에 앉혔다.

"그래, 너는 지금 조성광이 살던 집을 내게 팔아치우고 싶은 모양이구나."

착 하면 척이군.

"그렇습니다."

이휘철은 잠시 생각에 잠겼다가 다시 입을 뗐다.

"나도 이야기는 들었다. 꽤 좋은 집이라지?"

"예, 저도 두어 번 가 보았습니다만 넓고 살기 좋은 집이었습니다. 교외라는 것만 제외하면 단점이 보이지 않는 집이었어요."

"성진이 이 녀석, 암만 중개를 한다지만 말은 똑바로 해야지."

이휘철이 입매를 비틀었다.

"정확히는 쓸데없이 크고, 천지가 뒤집어져도 값이 오를 리 없는 부동산이라고 해야 하지 않겠느냐."

"……가 보셨습니까?"

"아니, 소문만 들었을 뿐이다."

이휘철이 웃었다.

"어쨌거나 조세화 그 아이 입장에서는 지금처럼 꽤 처치 곤란한 유산이 생긴 게로구나. 그런 집이면 관리인 월급도 꽤나 나갈 테고 말이다."

이휘철은 눈으로 직접 보지 않아도 다 훤히 보인단 식으로 말했다.

"그래서 할아버지가 그 집을 사신다면 시세보다 싼 가격에 매물을 내놓겠다고 했어요. 대신 관리인의 고용 유지를 해주신다는 조건이지만요."

"시세보다 싼 가격이라……."

이휘철이 턱을 쓰다듬었다.

그 모습을 본 이휘철 무릎 위의 이하진은 이휘철의 턱에 손을 가져갔고, 이휘철은 이하진의 손에 얼굴을 맡겼다.

"그건 안 될 말이지."

"예?"

"네가 나로 하여금 그 집의 매수를 권하는 까닭은 조성광의 집을 이휘철이 사들인다는 상징성 때문이 아니더냐?"

"……."

정확하다.

이휘철이 조성광의 집을 사들인다면, 이는 삼광그룹과 조광그룹이 합자 회사를 설립하는 일에도 명확한 상징이 될 것이며, 주주들로 하여금 사안을 좀 더 명확히 바라보는 관점으로 작용할 것이다.

이휘철이 히죽 웃으며 말을 이었다.

"그 외에는 집에서 밥이나 축내는 이 꼴 보기 싫은 늙은이를 쫓아내는 부수적인 효과도 있을 것이고……."

뜨끔했다.

"하하하, 이 녀석, 농담이다."

왠지 농담 삼아 꺼낸 말이 아닌 것 같지만 그런 걸로 치자.

"아무튼."

이휘철이 어조를 진중하게 고쳤다.

"내가 그 집을 사적 용도로 쓰겠다며 매입하는 건 여러모로 안 될 일이다. 이는 설령 그 집의 장래 부동산 전망이 밝다 하더라도 마찬가지야."

이휘철이 말을 이었다.

"만일 삼광 그룹의 은퇴한 회장 이휘철이 조성광의 유산을 상속받은 조세화에게 사들였다고 치자. 그러면 사람들이 이를 어떻게 해석할 거 같으냐?"

"……삼광 그룹과 조광 그룹 사이에 어떤 물밑 거래가 있었다고 생각할 겁니다."

"그래, 잘 아는구나. 그리고?"

"……."

그리고 또 뭐가 있지?

나는 이휘철의 갑작스러운 시험 출제에 당황했지만, 그간 익숙해진 덕분인지, 비교적 냉정하게 대답을 내놓을 수 있었다.

"……그리고 이는 삼광 그룹과 조광 그룹의 합자회사 설립에 대한 상징이 될 것이라고……."

"쯧."

이휘철이 혀를 찼다.

"성진이 너, 요즘 좀 안일해진 거 아니냐? 너는 지금 근시안적인 관점에 사로잡혀 멀리 보질 못하는구나."

"……."

이휘철의 언짢음을 쌍둥이들도 느낀 것인지, 이휘철의 무릎 위에 앉아 있던 이하진이 울먹이려 했다.

이휘철은 쓴웃음을 지으며 이하진을 보듬어 준 뒤 어조를 조금 누그러뜨리며 말을 이었다.

"다른 때라면 또 모를까, 오히려 합자회사 설립을 앞둔 상황이니 한다면 더욱 문제가 될 것이야. 만약 내가 네 제안대로 헐값에 그 집을 사들였다고 해 보자꾸나. 그러면 조광 그룹의 이사진은 이를 물밑 거래의 조건으로 보지 않겠느냐."

"……아."

이휘철의 말에 나는 퍼뜩 깨달았다.

'확실히…… 누군가는 그걸 일종의 대가성 뇌물이라 생각할지도 몰라.'

반대의 경우도 마찬가지다.

이휘철이 시세보다 높은 가격에 조성광 사택을 매수했다 하더라도 의심 많은 이들은 여기에 '부동산을 비싸게 사들인 대가로 경영상의 이점을 가져온다.'라는 생각을 떠올리게 되리라.

이휘철의 이름을 팔고자 한 이상, 어느 쪽이건 이 일에 삼광 그룹과 조세화 사이의 대가성 거래가 있었으리라 판단할 여지를 던져 주는 건 마찬가지였다.

더군다나 부동산에 '정확한 시세'라는 것은 존재하지 않는다.

해당 부동산이 '정확한 가격'임을 과연 어느 누가 판단할 것인가.

'생각이 짧았어…….'

이래서야 본전도 못 건진 꼴이었다.

나는 마치 나를 위로하듯 내 얼굴을 만지작거리는 이유진의 등을 쓸어 주었다.

"죄송합니다, 할아버지. 생각이 짧았습니다."

"너답지 않게 초보적인 실수를 다 했구나."

이휘철 안에서 내 기대치는 높은 모양이었지만, 이번엔 그 기대에 부응하지 못했다.

"그러면 사택을 매입하는 일은 없던 일로……."

"이 녀석."

이휘철이 씩 웃었다.

"그렇다고 하여 그걸 단박에 내려놓고자 한다면, 그 또한 하나만 알고 둘은 모르는 것이거늘."

"예?"

"네가 이번 아이디어를 떠올린 계기가 되는 발상은 나쁘지 않다는 의미다. 마침 조세화 입장에서는 남에게 팔고 싶지 않은 조광의 상징물을 누군가에게 매각하려 하고 있으며, 지금 네가 그 상징을 사들여 이를 합자회사의 상징물로 이용하고자 하는 것, 이는 너에게 결코 나쁜 상황이 아니지. 이 상황을 이용할 수 있다면 그 기회를 움켜잡으란 말이다."

"……."

발상은 나쁘지 않다니.

칭찬이긴 한 건가, 하는 생각은 차치하고서라도…….

'그렇다고 해서 내가 그 집을 사들이는 건……. 내게 그럴 만한 여윳돈이 있는 것도 아니고.'

나는 이휘철을 힐끗 쳐다보았지만, 그는 내가 고민하는 걸 빤히 지켜보면서도 자신이 생각한 정답을 내놓지 않았다.

'이휘철도 상황을 뻔히 알고 있으니 내가 사비를 털어 집을 사들이는 건 바라지 않을 테지. 다만 이런 경우는 이휘철의 말 속에 힌트가 있어. 이번엔 어떻지?'

나는 필사적으로 머리를 굴렸다.

'이휘철도 조성광의 집을 매수하는 것 자체에는 반대하지 않은 입장이야. 하지만 그 결과가 어느 누구 한 사람이 이득을 보는 형태는 지양하는 채로……'

순간, 퍼뜩 생각이 미쳤다.

"그러면 법인을 통하면 어떨까요?"

"……"

이휘철은 내 말에 한쪽 눈썹을 살짝 씰룩였을 뿐, 긍정도 부정도 하지 않았다.

'계속해 보란 의미지.'

나는 이휘철의 의향대로 말을 이었다.

"조성광 회장의 사택을 경매로 붙여, 저희가 법인을 통해 이를 구매하도록 하는 것입니다."

부동산에 정확한 가격이란 존재하지 않는다.

하지만 경매를 통한다면 외부에 '그 정도면 그럴 만하다'고 고개를 끄덕이게 하는 방법이 될 수 있을 것이다.

"……"

다만 그럼에도 이휘철은 여전히 아무런 말없이 여기에 추가 답안을 요구하고 있었다.

'이러니 내가 이 인간을 집에서 쫓아 보내고 싶은 거라니까.'

그 덕분에 도움이 되는 것도 사실이지만.

나는 속으로 꿍얼거리며 말을 이었다.

"그리고 그 법인은 신화호텔을 통하도록 할 것입니다."

"신화호텔이라……."

마침내 굳게 닫혀 있던 이휘철의 입이 열렸다.

"구체적으로는 어떠한 구상이냐?"

알면서 의뭉은.

"예, 따지고 보면 신화호텔은 S&S를 통해 이번 합자회사 설립으로 반사이익을 얻을 회사이기도 하지만, 동시에 그 넓고 큰 한옥을 휴양 시설로 활용할 수 있을 거란 생각이 들었습니다."

전생의 경험을 통틀어 볼 때, 한옥 양식의 휴양 시설은 수요가 있었던 것이 생각난 것이다.

'나중에 한류 붐이 일고부턴 더더욱.'

그나저나, 아무 말씀도 없는데 계속해도 되나?

"계속해라."

계속해야겠군.

"예, 그러니 신화호텔의 법인으로 하여금 사택을 인수하여 거기서 수익을 거둘 수 있다는 걸 보여 준다면 다른 사람들도 이에 납득할 뿐만 아니라, 조세화가 요구한 '고용인 유지'라는 조건도 충족할 수 있을 거라고 생각합니다. 물론 어느 정도 신화호텔의 재교육을 거칠 필요는 있겠지만, 본래 그 집을 관리하던 사람들이니 어렵지 않게 적응할 수 있을 것이라 판단했습니다."

"……흠."

이휘철이 한참 만에 입가에 희미한 미소를 지었다.

"나쁘지 않구나."

휴우.

나는 속으로 안도했다.

'합격이라는 의미군.'

그리고 직후, 이휘철이 입가에 지은 미소를 비틀었다.

"하지만 그것뿐만은 아니겠지. 그러잖아도 최근 네가 조광 그룹의 여식과 어울려 다닌다는 소문에 미라도 궁금해하는 눈치였으니까."

내 입장을 생각해서 말은 하지 않았지만, 이휘철의 말마따나 내 당고모이자 신화호텔 대표인 이미라에게 '낄 자리'를 만들어 주는 부수적인 효과도 기대할 수 있는 일이었다.

'이미라도 이 일로 내가 S&S에 소홀해지진 않았을지 감시하고 있었을 거거든.'

사실 거기서 불거질 수 있는 오해는 차차 풀어 보려 생각했지만 떡 본 김에 제사 지낸다고, 이 기회에 이미라에게 슬쩍 미끼를 던져 두는 것도 나쁘지 않을 거란 계산이 섰다.

"예, 물론 당고모님을 찾아뵙고 따로 말씀드려 볼 생각이에요."

"그러면 정해졌구나."

"예?"

이휘철이 씩 웃었다.

"주주총회까지 시일이 촉박한데 지금 당장이라도 미라와 만날 약속을 정해 둬야 하지 않겠느냐? 아니면 미라가 지금 너처럼 한가할 거라고 생각하는 게냐?"

"아닙니다."

나는 얼른 소파에서 일어섰다.

"그러면 먼저 실례하겠습니다."

"오냐."

나는 이휘철의 축객령에 허둥지둥 내 방으로 올라갔다.

'그나저나…… 이휘철이 생각한 정답은 아닌 거 같단 말이지.'

나는 계단을 오르며 생각했다.

'이휘철이 생각한 정답은 뭐였을까?'

뭐, 나로서는 어쨌건 그 입에서 '나쁘지 않다'는 말을 들은 것만으로도 다행이지만.

이휘철은 이성진이 방으로 돌아가는 걸 물끄러미 지켜보다가 그 모습이 사라지자마자 클클, 하고 웃음을 터뜨렸다.

'저 녀석, 아까는 나를 실망시키나 했더니.'

이성진이 내놓은 대답은 이휘철이 생각한 '정답'은 아니었다.

하지만 그건 다른 한편으론 이휘철이 생각하지 못한 방법이기도 했다.

이휘철은 이성진이 '법인'과 '경매'라는 말을 내놓았을 때 속으로 이제야 제 할 일을 떠올려 냈다고 생각했다(물론 여기에 이성진이 아직 초등학생에 불과하다는 건 그의 고려대상이 아니었다).

그런데 이성진이 '신화호텔'을 입에 담은 건 이휘철로서도 생각하지 못한 바였다.

이휘철은 내심 이번에 이성진이 조세화와 설립할 합자회사의 법인을 통하면 될 것이라 생각한 것이다.

그건 그것대로 나름의 노림수며 의미가 있는 일이었다.

만약 조세화가 자신의 지분을 써 가며 조성광의 집을 법인으로 재구매를 한다면 그건 그것대로 이성진이 가져온 화두인 '상징성'을 획득하는 일일 뿐만 아니라, 추후 조세화의 자질을 문제 삼고 그녀를 경영진에서 끌어내릴 아킬레스건으로 삼을 수 있는 일이었다.

'……그러나 녀석은 그러지 않았지. 나 원, 우유부단한 녀석이라고는 생각해 왔지만 원래 천성이 순해 빠진 건가.'

경영자로서 냉혹함을 발휘해야 할 때를 좌시한 건 마음에 들지 않았으나, 이성진이 '새로운 돈벌이 수단'을 앉은 자리에서 발굴해 낸 것이 이휘철의 그 언짢음을 상쇄하고도 남았다.

'게다가 한옥 양식의 휴양 시설이라……. 과거를 미화하기 일쑤인 노인네들이나 새로운 것을 찾는 외국인에게 수요가 있을 법해.'

어째서 그걸 떠올리지 못했는가, 하는 걸 변명하자면 어릴 적부터 그런 한옥에서 나고 자란 이휘철에게 '한옥'은 불편하고 낡은 것이란 생각이 앞섰기 때문인 것도 있었다.

하지만 이제는 시대가 변했다.

'졸부 깡패 조성광 회장이 말년을 보냈을 정도면 이제 한옥에 불편함은 없나 보군.'

게다가 이제는 전통적인 걸 낡고 고루한 것으로 치부하기보단 독자적이고 개성적인 것으로 통용되는, 이른바 글로벌 시대도 성큼 찾아온 것이다.

'나도 내 입으로만 글로벌, 글로벌, 하고 떠들어 댔을 뿐이지 가까이 있는 걸 보진 못했어.'

다만 여기서 평범한 노인이라면 '나도 늙었구나. 이제 새로운 시대가 시작되는군.' 하고 생각하며 회한에 젖어들겠지만,

이휘철은 그러지 않았다.

'그러는 걸 보면 집이 호텔로 써도 될 만큼 넓은 모양이구면.'

어디까지나 그걸 떠올리지 못한 원인이 자신의 '정보 부족' 때문이라고 여길 뿐이었다.

'어쨌거나…… 성진이 그 녀석이 어디까지 해낼 수 있는지 한번 지켜보기나 할까.'

다음 권으로 이어집니다